波のない海

岩田道夫

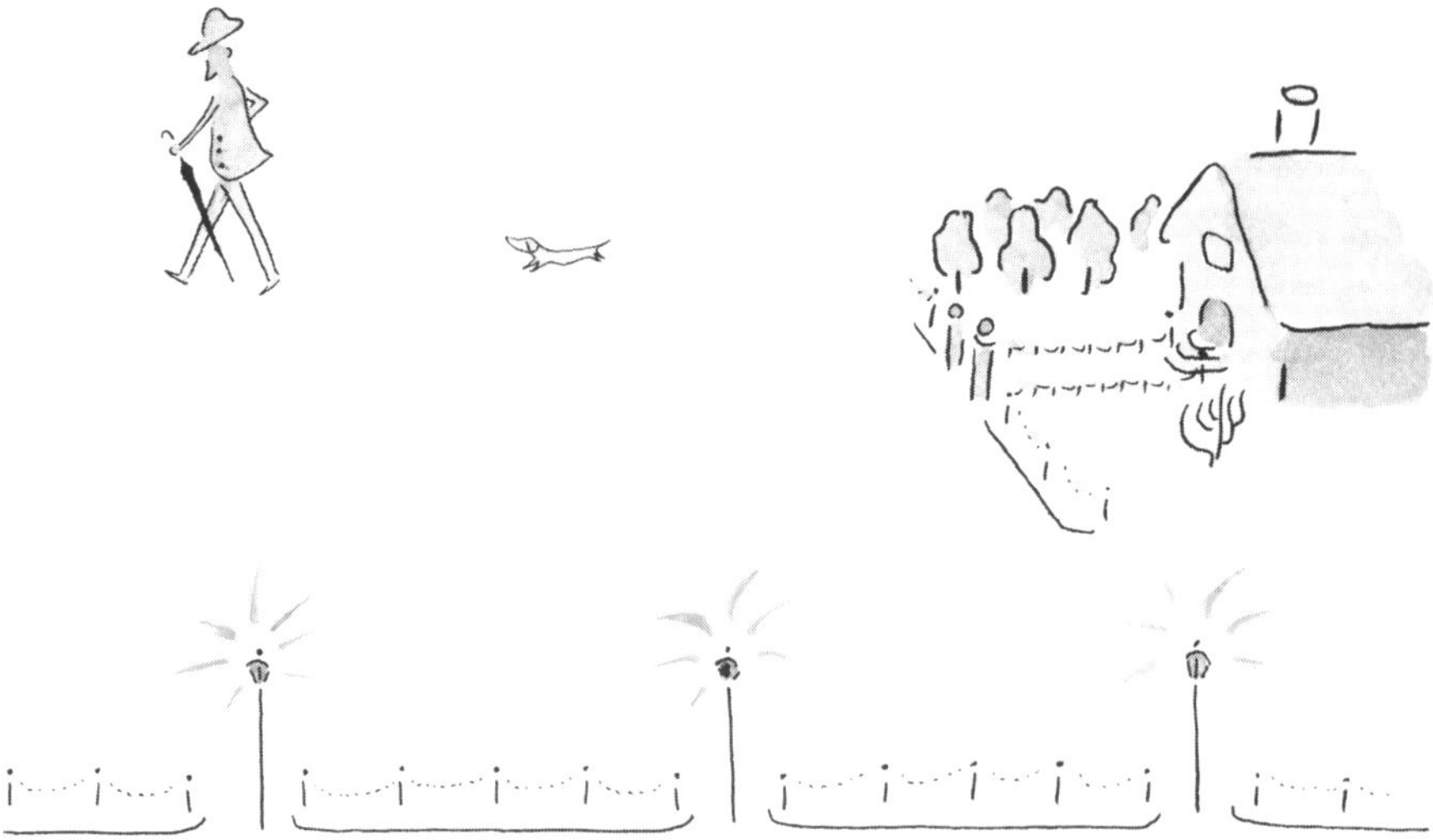

未知谷
Publisher Michitani

あなたは　本棚の中で
書物が自分で位置を換え
ドオデが一冊　ゾラの上へ
攀じ登ったりなにかすることに
お気づきですか？

——ルナアル

目次

波のない海

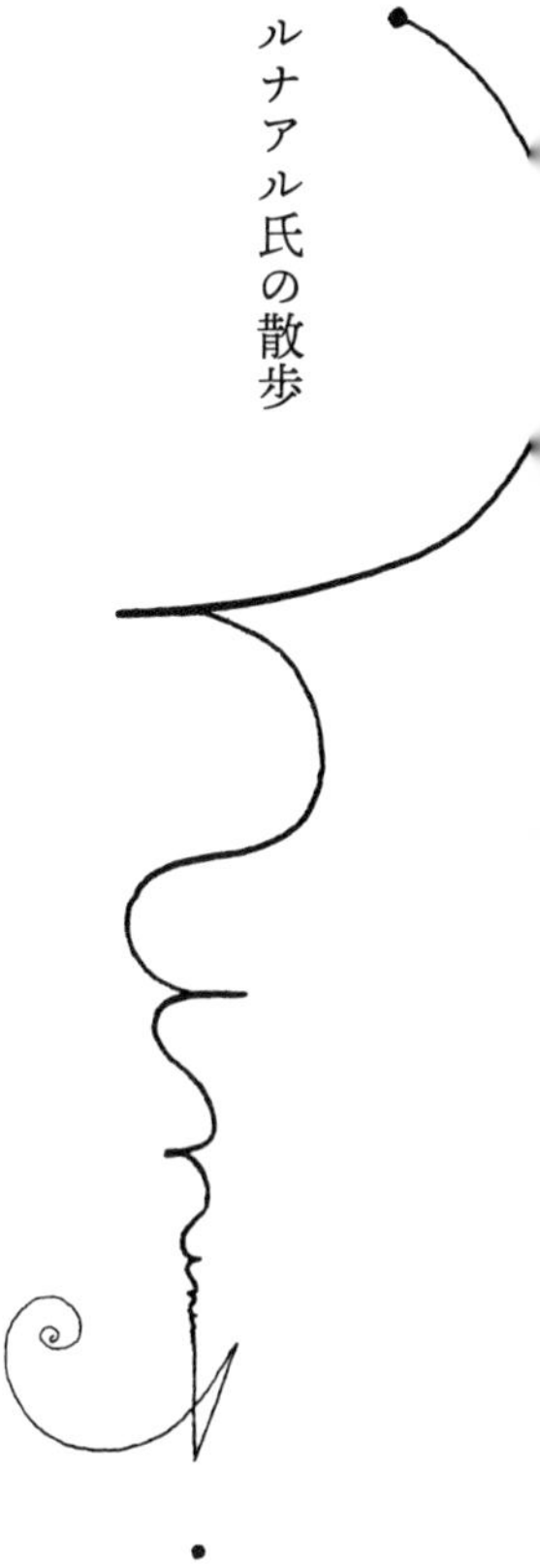

ルナアル氏の散歩

ルナアル氏は大学のえらい教授です
でも見ただけではえらいとはわかりません
なぜかというと
①ルナアル氏は毎日服装のことで何かしらへまをやらかします
②世間の人は見ただけでえらい人と思えるような人でなければ　えらい人とは思いません
③故に　ルナアル氏はえらい人というふうに見られません
でも
ルナアル氏はほんとうにえらいのです
それは
ルナアル氏が
ふつうの人いじょうに　いつでも　冷静に考えることができるからです

ルナアル氏は日の出前に
散歩に出かけるのが習慣です
雨がふっても出かけます
ですから
いつも用心のために
ほそくしぼった傘を
ステッキがわりに
もって行きます

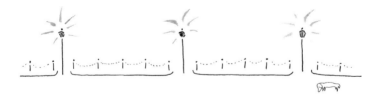

＊

その日も
ルナアル氏はいつものように
暗いうちから起きて
いつもの服を着ました
ところが　上着のボタン穴が
（下から上にかけていったのですが）
一つあまってしまいました
（実は　最初に一つかけ違えたのです）
ルナアル氏は冷静に考えて
ボタンを一つ買ってこなくてはならないと
結論を下しました
そして　安心して
（着がえもせずに）
出かけました

外はまだ
たくさんの星が
遠くでこきざみにふるえていました
ルナアル氏も
戸口でブルッとふるえると
さてどちらに行こうかと
考えました

もうみんな行きつくしてしまったようです
あの森も　あの小沼も　あの小屋も……
とルナアル氏はくるりと一回転して
やっぱりもう行く所がないので
がっかりしました
それでも行く所がないものかと
ぐるぐる30回もまわっていますと
とうとう星が消えて
空が明るくなってきました
ところが
ルナアル氏はやっと
まだ行っていない場所をみつけました
それは
地平線
です

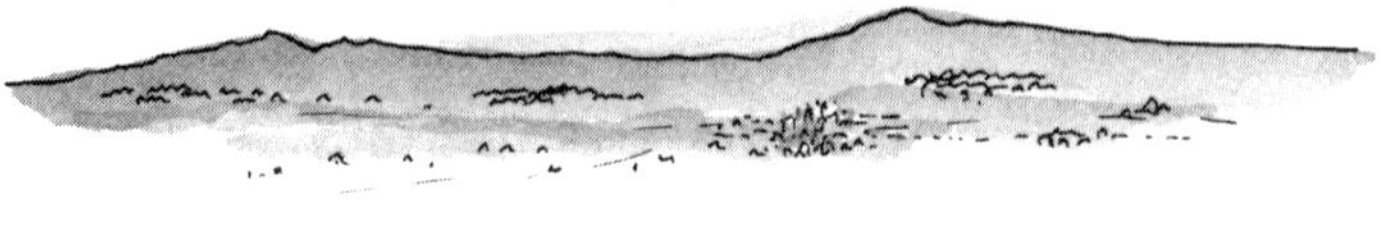

ルナアル氏は
おくれた時間をとりもどすべく
いそいで
出発しました

あの森も
あの小沼も
あの小屋も
みんな通りすぎました
そして
やっと
線が一本きりしかない所に
つきました

そこが
地平線で
こんな風景です

でも
ルナアル氏は
もっとむこうへ
行きたくなってしまいました
「あしたまたこよう」
という考えと
「もっとむこうへ行ってみよう」
という考えが
頭の中で
ぐるぐる追いかけっこをしています
しかたがないので
ルナアル氏は
地平線にかさをたてて
たおれた方に
行くことにしました
ところが

かさをたてたとたんに
地平線が
ぷっつりと
切れてしまいました
そして
そこだけ　地面と空がいっしょになりました

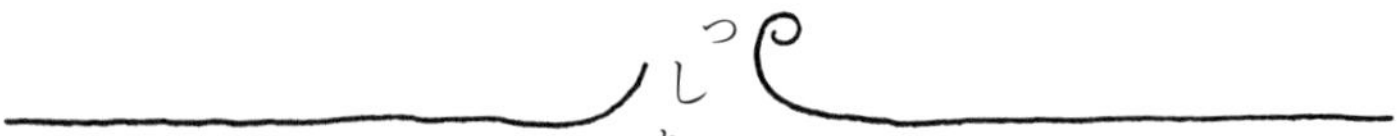

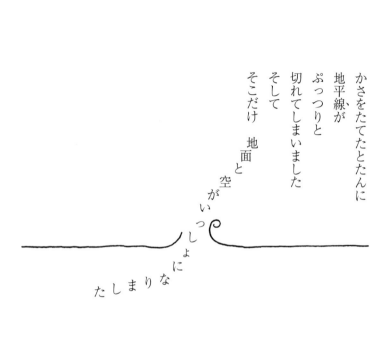

ルナアル氏は冷静に考えました
「公共物破損になっちゃうだろうか?」
けれども
これで入口ができたのだから
公共物創作になる
と結論を下しました
そして
安心して
ずんずん
入って行きました

そこは
氷のように
つるつるすべりました

ルナアル氏は
かさにしがみついて
前へ前へと
(上へ上へと?)
進んで
(のぼって?)
行きました

あの森も
あの小沼も
あの小屋も
みんな
頭の上を
すぎていって
しまいました
そして
とうとう
空の真中へ
きました

ルナアル氏は
そこであおむけになって休みました
ちょうど真上（真下？）に
ルナアル氏の家がみえます
すこしはなれたところに
ルナアル氏の大学も
あります

ルナアル氏は
地上の風景を
ぼんやり
ながめているうちに
眠たくなってしまいました

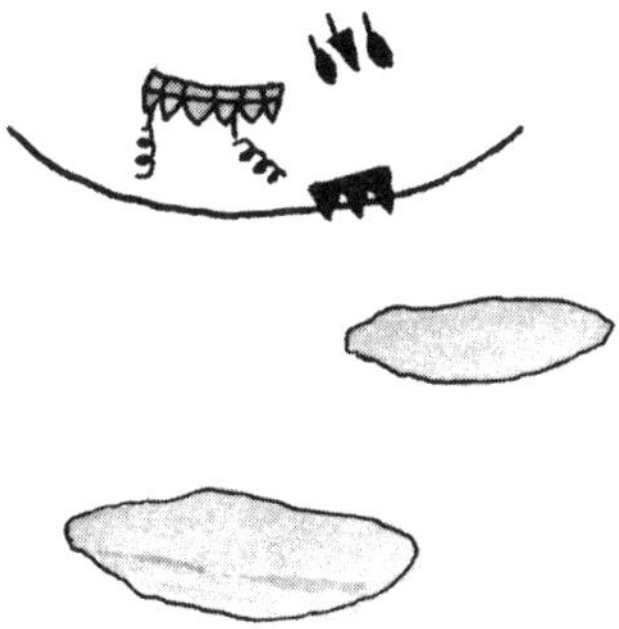

しばらくうとうとしていると
なんだかこげくさいにおいがします
ルナアル氏はきっと
えんとつのけむりだろう
と思っていました

が
なんだか

背中じゅう
あつくなってきました
もうまちがいありません
ルナアル氏自身が
焼けているのです

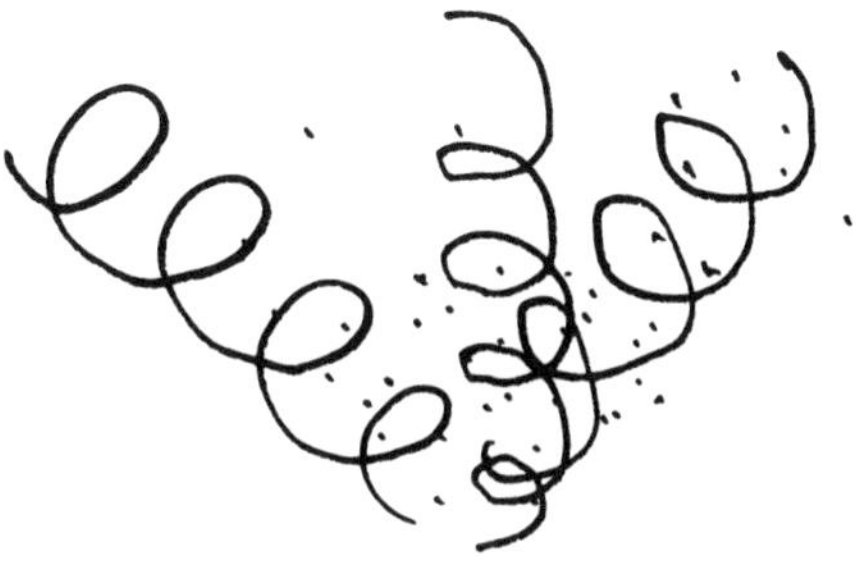

ルナアル氏は
いそいで
立ちあがりました
もう空じゅう
フライパンのようなあつさです
太陽がのぼってきたのです
ルナアル氏は
あつくてじっとしていられません
そしてあんまり
ぴょんぴょんはねたので
とうとう空から
おっこちてしまいました

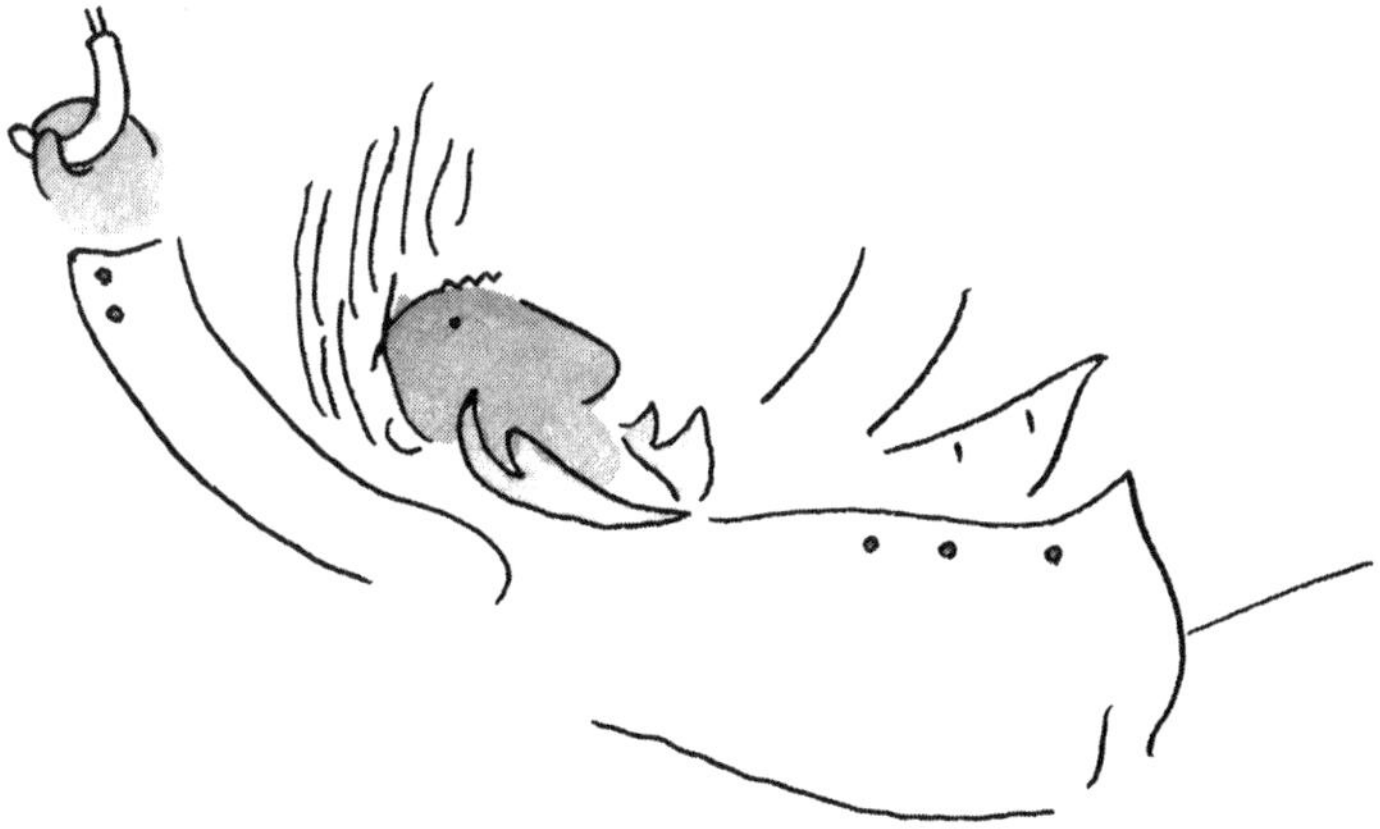

ルナアル氏は
おっこちながら
冷静に考えました
そして
自分が
〝万有引力〟によって
おちていることが
わかりました
そして
それだけでした

「リンゴみたいにおちてる」と
ルナアル氏はつぶやきましたが
あんまりはやくおちてゆくので
「る」
がひっぱられて
「るぅ――」
になってしまいました
そのとき
とつぜん
手にもっていたかさが
バサッとひらきました

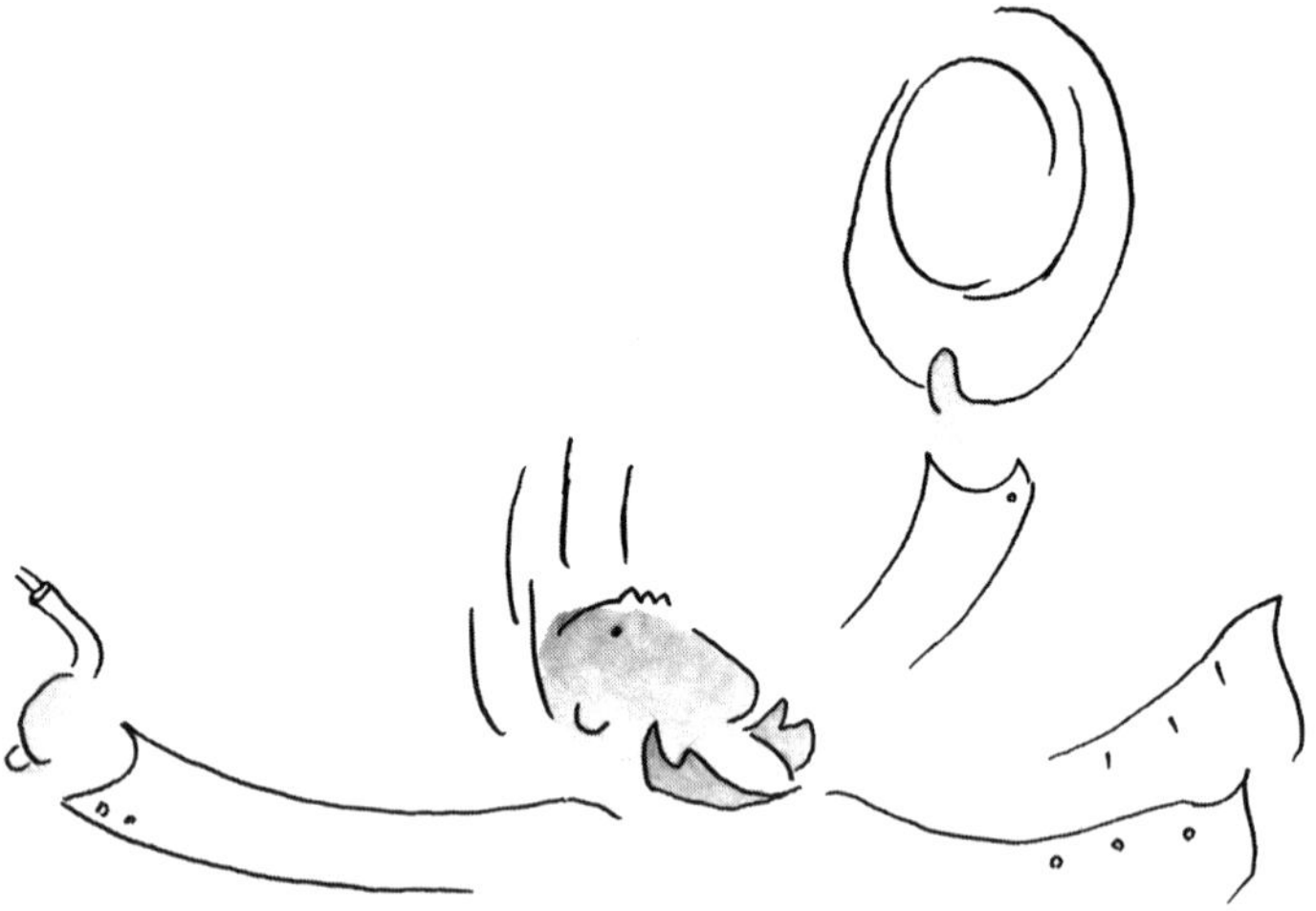

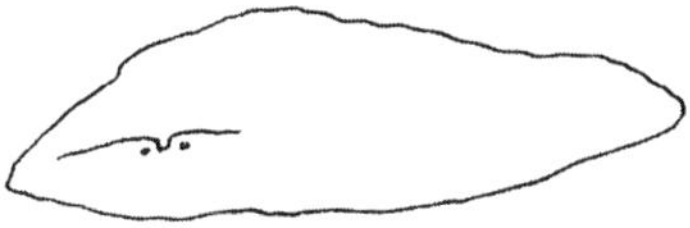

こんどは
羽みたいに
ゆっくりおり
はじめました

ルナアル氏は
大学におりられるように
うまくかげんしてゆきました

下をみおろしていると
ふとルナアル氏は
上着のすそに
ボタンが一つ
あまっているのを
みつけました

ルナアル氏は
冷静に考えました
そして
「ボタン穴もいっしょに
買わねばならぬ」
としかめっつらをして
つぶやきました

そして
ふわりと

学校の屋根に
おりました

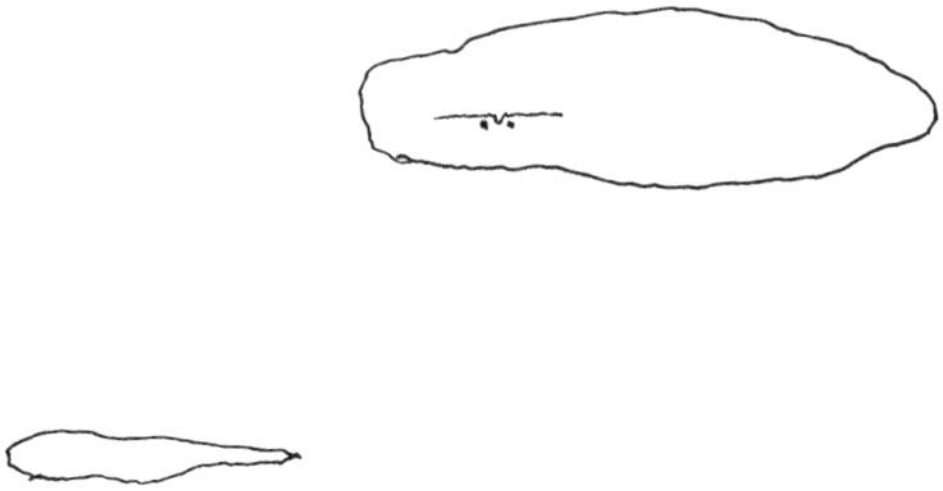

FIN.

村の教会

北のほうにある
小さな村で
教会をたてることに
なりました

村人は
いく日もかかって
小さな教会を
つくりました

ところが
もっと高くしようと
いうことになって
またいく日も
時間をかけました

ところが
もっともっと
高くしようとして
またまたいく日も
時間をかけました

そんなふうにして
村人はなん年もかかって
高い高い教会を
つくりました
そして
もっともっともっともっと
高くしようと
思っていました
けれども……

ある日
小さな雲が
尖端に
ひっかかって
しまいました

それはだんだん
大きくなって……

とうとう
あらしになって
しまいました

しかたがないので
村人は
教会をもとのように
小さくしました
するとようやく
あらしは
行ってしまいました

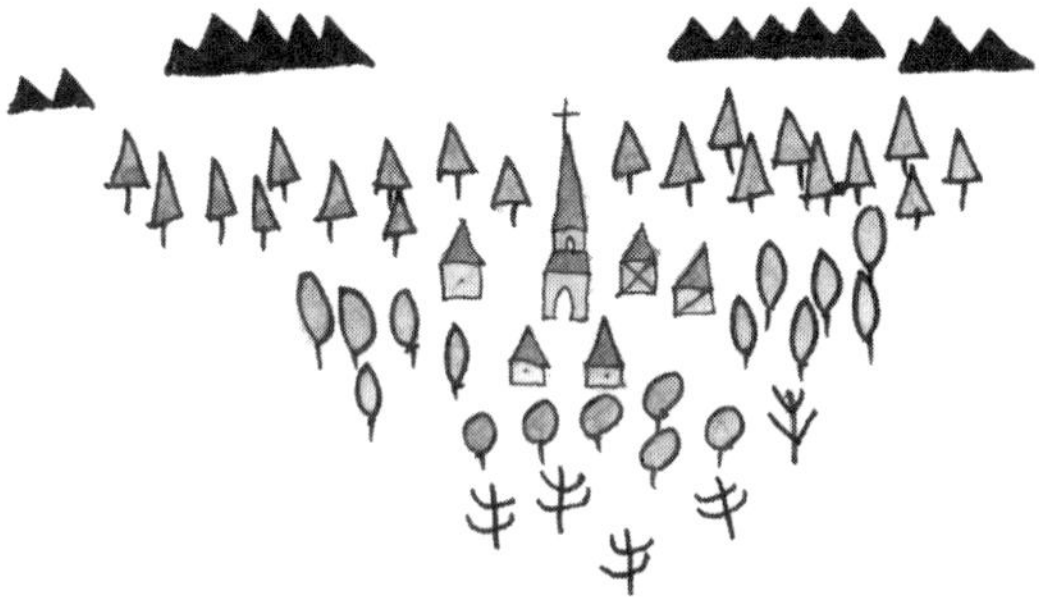

それから
その教会は
ずっと
小さいままです

何でもある店

「中に入って雨やどりなさい」

「入っていいの?」

「かまわないから入んなさい。せっかくの服がびしょぬれになってしまうよ」

「ありがとう……あら　ここ　お店じゃなかったかしら……」

「ええ　〝何でもある店〟って外に書いてあったでしょう」

「でも　何にもない……」

「全部並べたら、人のいる場所もなくなってしまいます」

「ほんの少しでも並べたらいいのに。これじゃ誰も来ないんじゃないかしら」

「別に買ってもらわなくてもいいんです」

「どうして?　だって　お店なんでしょ?」

「ほんとうに買いたい人は　やっぱりやって来るものですよ」

「そうかしら……今まで何人ぐらい来たの？」

「ひとり」

「よっぽど欲しかったのねえ。それで何を買ったの？」

「まだ買ってません」

「じゃ　売れなかったのね」

「いえ　まだ買う物を言ってないんです」

「まあ　あきれた客ね。さいそくしたの？」

「これからです。何を買いますか？」

「え？　じゃぁその客って私なの？……でも私　ただ雨やどりに入っただけだわ」

「そうですね。別に買わなくてもいいんですよ。ただ聞いてみただけですから」

「……それに私　お金ぜんぜん持ってないもの」

「別に　お金で買わなくてもいいんです。帽子についてるリボン素敵ですね。それ一つだけで　何でも買えますよ」

「リボンだけで？　でも……このリボンとっても気に入ってるんだけどな」

「だからそれだけで何でも買えるんです」

「何でも買えても　やっぱり……他のものじゃだめ？　この水色のハンカチじゃどうかし

ら？」

「それ　気に入ってないんでしょう？」

「ええ　ハンカチは白いのが好き」

「ではだめですね。やっぱり　あのリボンでなくては……」

「じゃ〝何でも〟でなくていいから　この水色のハンカチで白いハンカチ売ってくれるかしら？」

「……ええ　まあいいでしょう。水色なら注文があるかもしれない……」

「そう　よかった。じゃこれ」

「それでは　ちょっと待っていて下さい」

「あぁ　その部屋にいろんなもの置いてあるのね？」

「そうです」

「ちょっと見てもいいかしら？」

「……ええ。でも　もう売れませんよ。あなたはもう買ってしまいましたから」

「買えるのはたったひとつなの？」

「そう　ひとつ売れたら店じまいするんです」

「ひとつだけで　やめてしまうの　この店？」

「やめるわけじゃありません。別の所でまた始めるんですよ。さあ　入ってごらんなさい」

「ええ……あら　草原　部屋の中に草原があるわ……」

「今　白いハンカチを取ってきます……」

「……これ　ほんとに生きてる草かしら……あ　ちゃんと生きてる。それに空までこの部屋にあるなんて……」

「……大きさはこのぐらいでいいですか？」

「え？　ええ　でもハンカチなんてどこにしまってあるの？　それにこれ　部屋？　どっかの出口じゃないかしら……」

「もうこれで閉店しました。戸をしめますから　外へ……」

「もう？……あら　あなたは出ないの？」

「私はこの草原で店を開きます」

「でも……何を売るつもり？」

「ほら　水色のハンカチ」

「それだけ？」

「充分なんですよ。それじゃ　戸をしめますよ……カチリ」

「……もしかしたら　このリボンで　草原が買えたのかしら……あ　雨がやんだわ。やっと家に帰れる。でも服が少しぬれちゃってるわね。さっそくこのハンカチを使いましょう……ふうん　とってもいい手ざわり。絹かしらね。……早いとこ　もう日が射し始めたわ。あらっ……あの雲……真四角に穴があいてる……」

＊

「ああ暑い日だ。おーい　そこの人　何か売ってるみたいだけど、アイスクリームなんてないかね？」

「ありません」

「ソーダ水とか氷水とか　ただの水でもいいから……」

「ありません」

「じゃ　何売ってんだい？」

「これですよ」

「ハンカチ……なんだそれだけかい。水色だなんて子供用だな。それじゃ汗もふけんよ……」

「……売れないようだねえ……」

「ちゃんと売れるさ　南の風」

「ひゅぅ　恐れ入ったな……」


「おじさん、こんなとこで何してるの？」

「売っているのさ」

「なにを」

「これだよ」

「あ、空だ。ほしいな……いくら？」

「君の手に持っているものとならとりかえてやろう」

「これ？　困っちゃうなあ。これとっても気に入ってるんだ。枯れてて小さいけど　かっこいいだろ。ちがうのじゃだめ？」

「だめだねえ」

「……しかたないや。とりかえるよ。じゃ　これ」

「さ、これ」

「ハンカチみたいに　たたんでもいい？」

「いいとも。だけどあとでちゃんとアイロンをかけておくんだよ」

「うん、わかった」

「……ほんとに売れたね……」

「そうとも、南の風。ちゃんとそう言ったろう?」

「だが今度は小枝だぜ。そんなもの売れるかい?」

「もちろん売れるさ」

「ひゅっ……」

*

「ね、おねえちゃん、僕とってもいいもの　買ったんだよ」

「いいから　もう寝なさい」

「すごいもんなんだ」

「うるさいわね。すごいもんぐらい

私だって持ってるわ」

「へえ　でも僕のにはかなわないさ。どうせ人形かリボンだろ?」

「ぜーんぜん。もっとすごいもの。あんたになんか考えもつかないものよ」

「へん　僕のだって　おねえちゃんになんかわかるもんか」

「じゃ……何よ」

「さあねえ。何でしょう?」

「もったいぶらないで　見せなさいよ」

「ほうら」

「あらっ　空じゃないの……すごい……でも　しわくちゃよ」

「あ　アイロンかけるんだった。忘れてたよ。ねえ　おねえちゃん　かけてくれない?」

「ええ　そうしなきゃ。アイロンはとなりの部屋だわ」

「僕とってくるよ」

「静かにね。ほんとは私たち　もう寝てるはずなんだから」

「うん」

「……こんなのどこで買ったのかしら。なんか見覚えあるなぁ……」

「持ってきたよ。はいこれ」

「ねえ　これどこで買ったの?」

「それより　おねえちゃんのすごいものって　何?」

「それはあとで言うから　これどこで……」

「ずるいよ　僕のだけ見て……」

「いいから……」

「それに　早くアイロンかけてよ　ねえっ」

「痛っ　そんなに押さなくたって　いいじゃないっ」

「おねえちゃんだってっ」

「あっ」

「うわっ」

「……どうしちゃったの?　どこ?　ここ……」

「……落ちてるみたい。あんまり押すから　空ん中に落っこちたんだ、きっと……」

「押したのは……いいわ　そんなこと。手をはなしちゃだめよ。でも空の方に落ちてるの?　地面の方に落ちてるの?」

「わかんないけど、いつかどっかに……」

「そうだ　これ……」

「なに？　あ、雲だ……すごい……うわぁ　ちゃんと　乗っかれる」

「せまいから　落ちないように気をつけて」

「おねえちゃんのすごいものって　これなの？」

「そうよ。あら　下の方　草原だわ」

「あ　あのおじさんがいる。僕　あの人から　空　買ったんだよ」

「えっ　私はあの人からこの雲、買ったのよ。じゃ……あんたが買った空　私の水色のハンカチだわ」

「ハンカチじゃないよ。空だよ」

「ええ　それはそうだけど　ハンカチだったのよ」

「空だよ」

「ハンカチ」

「空っ」

「痛っ　また。危いわ　こんなとこで。空よ　ここは」

「だから空だって言ってるのに」

「いいわ。それより　どうやって降りたらいいかしら……」

「ぶらさがったら　重くなるんじゃない？」

「だめよ。同じことだわ……そうだ　少しずつたたみましょう……」

「うまくいく？……あ　おりてく……すごいや……おじさーん」

「……いらっしゃい」

「よいしょっと」

「よいしょっ……あぁ困ったわ。今度は帰り道がわかんない」

「あの　おじさん　ここどこ？」

「草原さ」

「どこへ行ったら私たちの家に帰れるの？」

「ほら　あそこに戸が立っているだろう」

「あら　あれはさっきのお店の中の……」

「あそこから出るんだね。ありがとう　おじさん」

「待って。確か鍵がかかってるわ。そうでしょ？」

「あぁ　あの店はもう終ったからね」

「鍵　おじさんがもってるの？」

「売ってるんだよ」

「え?……困ったわ。私たち　今　何にも持ってない……だって寝るとこだったんだもの」

「手に持ってるものでいいよ」

「手に?　あ　雲があったっけ……でもこれ……とっても気に入ってるの」

「そうだよ。飛行機みたいなんだもの」

「……しかたないわ　家に帰らないと　はい　これ」

「あぁ　もったいないないなぁ……」

「じゃ　鍵だよ」

「ええ……さ　行きましょう」


「……またほんとに売れたねえ……」

「そうさ、南の風、そう言ったろう?」

「だが　また　雲が残ったな」

「いいのさ。いろんなものを売ったんだから」

「雲や空や鍵をかい?」

「いや　他にも　さ」

「ひゅうん……」

＊

「きっと外は真夜中ね」

「外って……ここが外じゃないの？」

「ええ……私にもわかんないわ」

「開けるよ……あっ」

「あっ　私たちの部屋だわ。どうして……」

「ねえ　うしろ見てよ。草原　なくなっちゃった」

「あら　いつもの廊下だわ。……何　手にもってるの？」

「鍵だよ……あれ　今日ひろった小枝だ」

「じゃ……あの空は？　あぁぁ　水色のハンカチになってる……」

「みんな　もと通りになっちゃった……」

「そうね　でもこのハンカチ　また空になるかも知れない」

「そうかなあ……」

「ハンカチの気が向けば　そういうことになるわ。だってもうハンカチとはかぎらないんだもの」

「でも　それ　僕が買ったんだよ」

「私　このハンカチ気に入ったの。それにあんたは草原の鍵を持ってるでしょ」

「だって　これただの枯れ枝だよ」

「それで戸を開ければ　草原へ出られるかも知れないわ」

「そうかなぁ……」

「枯れ枝の気が向けばね……さあ　もう寝ましょ」

波のない海

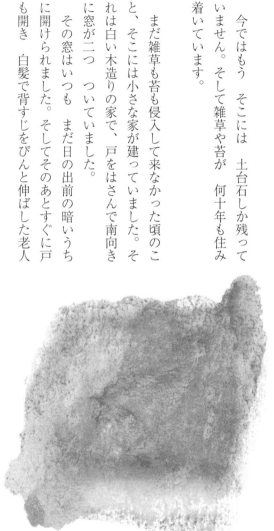

今ではもう　そこには　土台石しか残っていません。そして雑草や苔が　何十年も住み着いています。

まだ雑草も苔も侵入して来なかった頃のこと、そこには小さな家が建っていました。それは白い木造りの家で、戸をはさんで南向きに窓が二つ　ついていました。

その窓はいつも　まだ日の出前の暗いうちに開けられました。そしてそのあとすぐに戸も開き　白髪で背すじをぴんと伸ばした老人

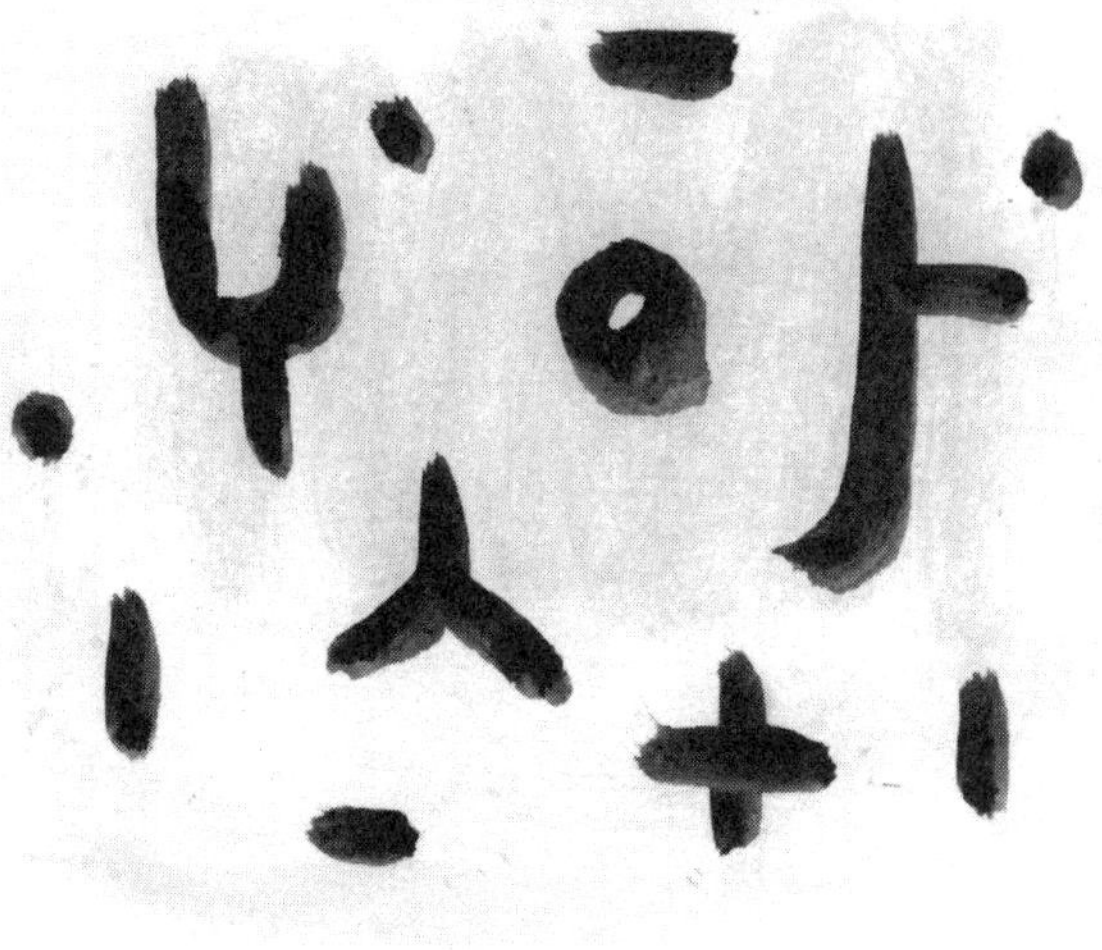

が出てくるのでした。この老人は家族の者たちに挨拶するために　こうして朝早く起きるのです。

でも老人にとってこれは　大変楽しい日課でした。家族の者は何百といました。遠い南の島からきた者、北の国からやって来たもの……それはほとんど世界中の国から集められた花たちなのでした。

老人は杖ももたずに、日よけの帽子をかぶり、きびきびした歩調で　広大な庭に入って行きます。そして一人一人（老人にとっては〝人〟だったから）に「お早よう」と「おやすみ」を同時に言いながら水をやってゆきます。庭をすべてまわるには　日が沈むまでかかるので　そういうふうに言わなければならないのでした。

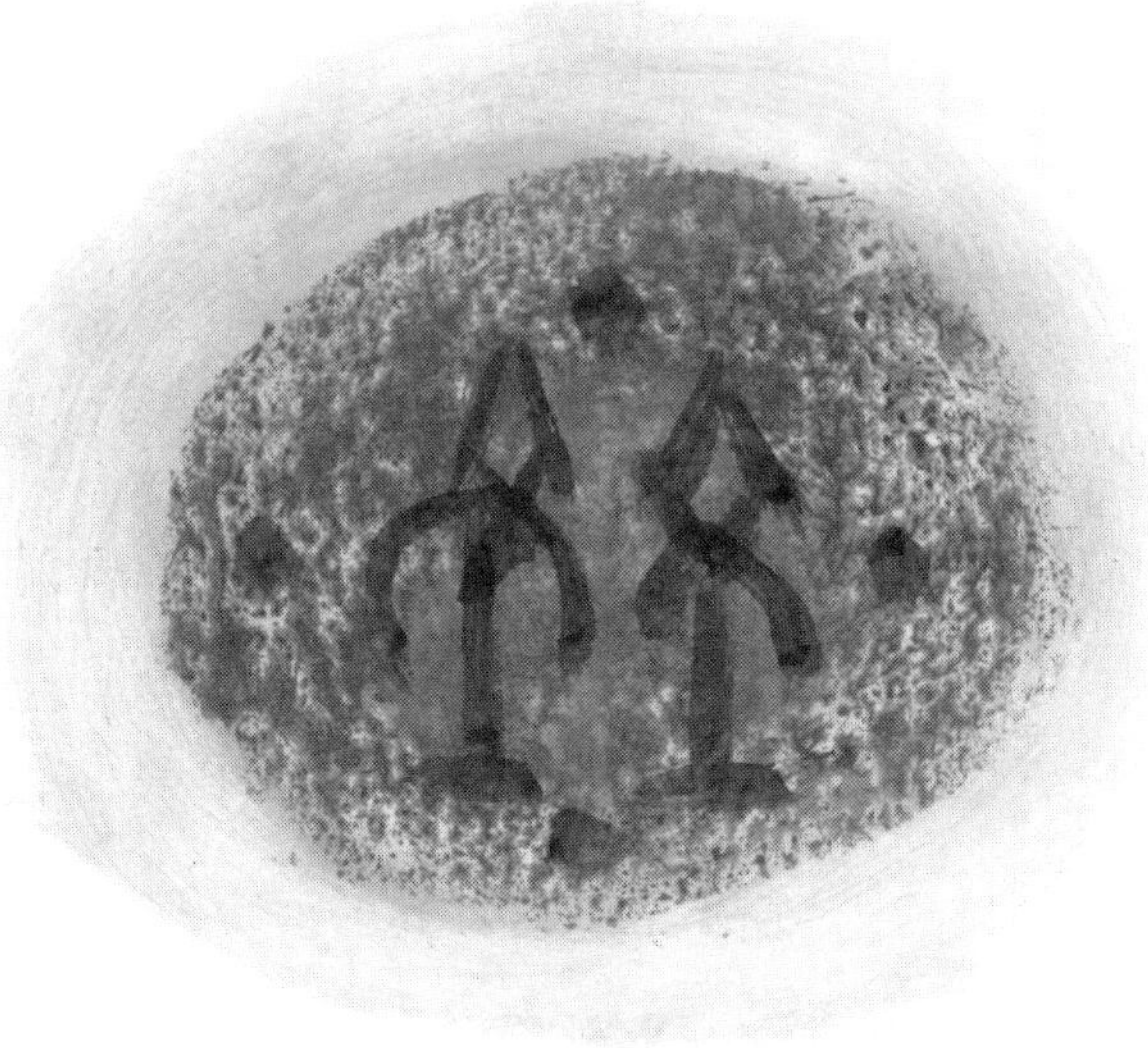

「お前はあいかわらず元気がないね」
　そう話しかけられたのは　遠い熱帯の国から来た花でした。
　老人はことさらこの花を大切にしていました。というのもこれは夜しか咲かない花だからでした。数日前のこの花がやって来たときには　もう蕾を一つ持っていました。老人は毎夜、花が咲くのを楽しみに　窓を開けてみるのでした。けれども花はしだいにしおれてゆくばかりで、今では支え木さえ必要になっていました。老人は他の花より水をたくさんやったり、日あたりのよいところへ移しかえたりしてみました。にもかかわらずその花はいっこうに元気になるきざしがありませんでした。
　老人はすっかり地面を向いてしまった蕾を

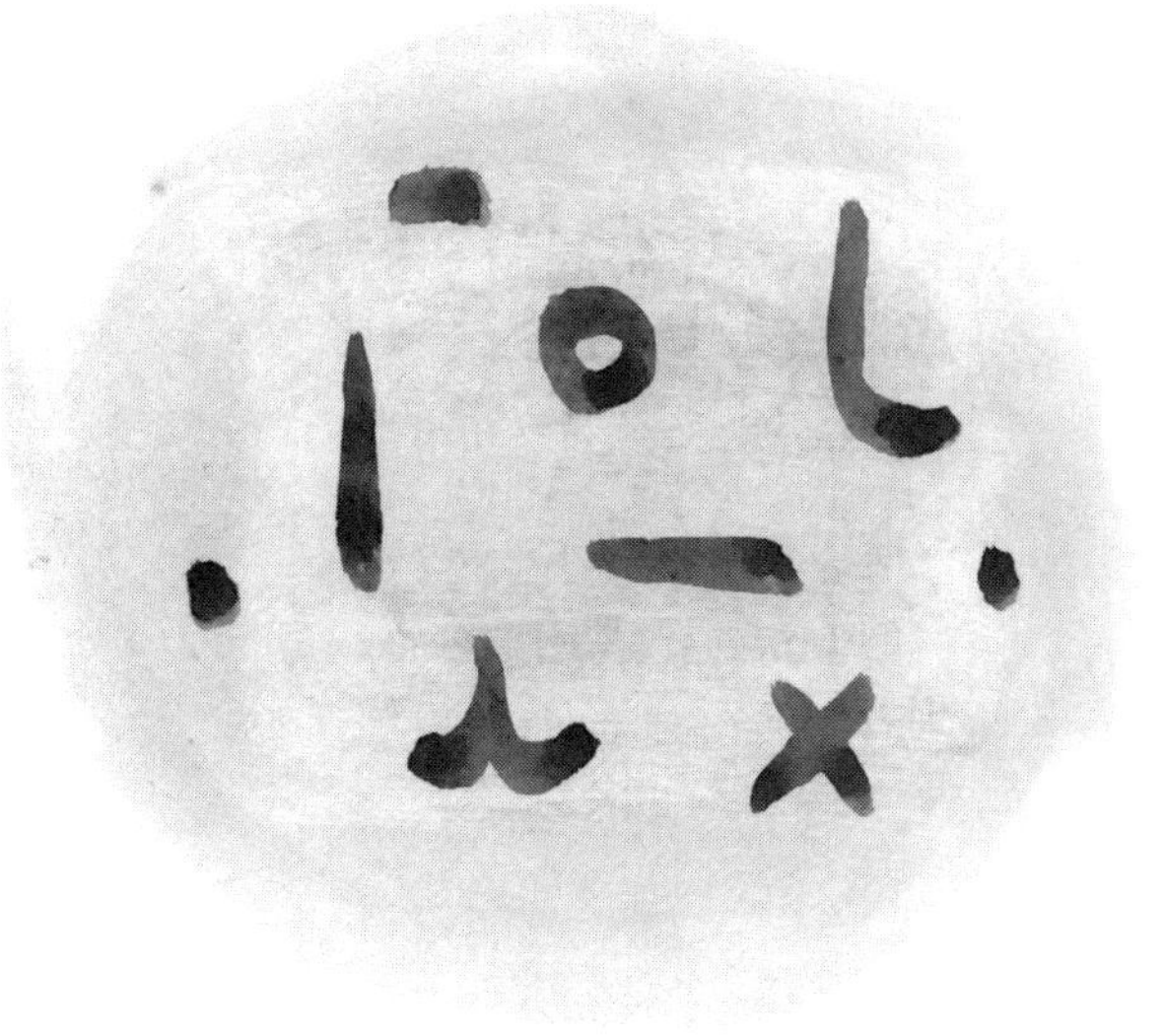

もち上げてもう一本支え木をつけてやりました。その花は夕日の最後の光まであたるような場所に植えてありました。蕾には赤い光があたりました。それはまるで庭の灯火のようでした。

それから数日たちました。その花はますます弱り　老人は心配でなかなか眠れませんでした。でも疲れのせいか夜半になると　ようやくうとうとできました。眠りかけたときはっとして老人は体を起こしました。遠くの方からザッザッという土の音が聞こえてくるのです。その音は確かに庭の奥からしてきます。急いで老人は銃を取ると、庭の中へそっと入って行きました。音がしているのはまぎれもなくあの花の方向です。音は少しも休む

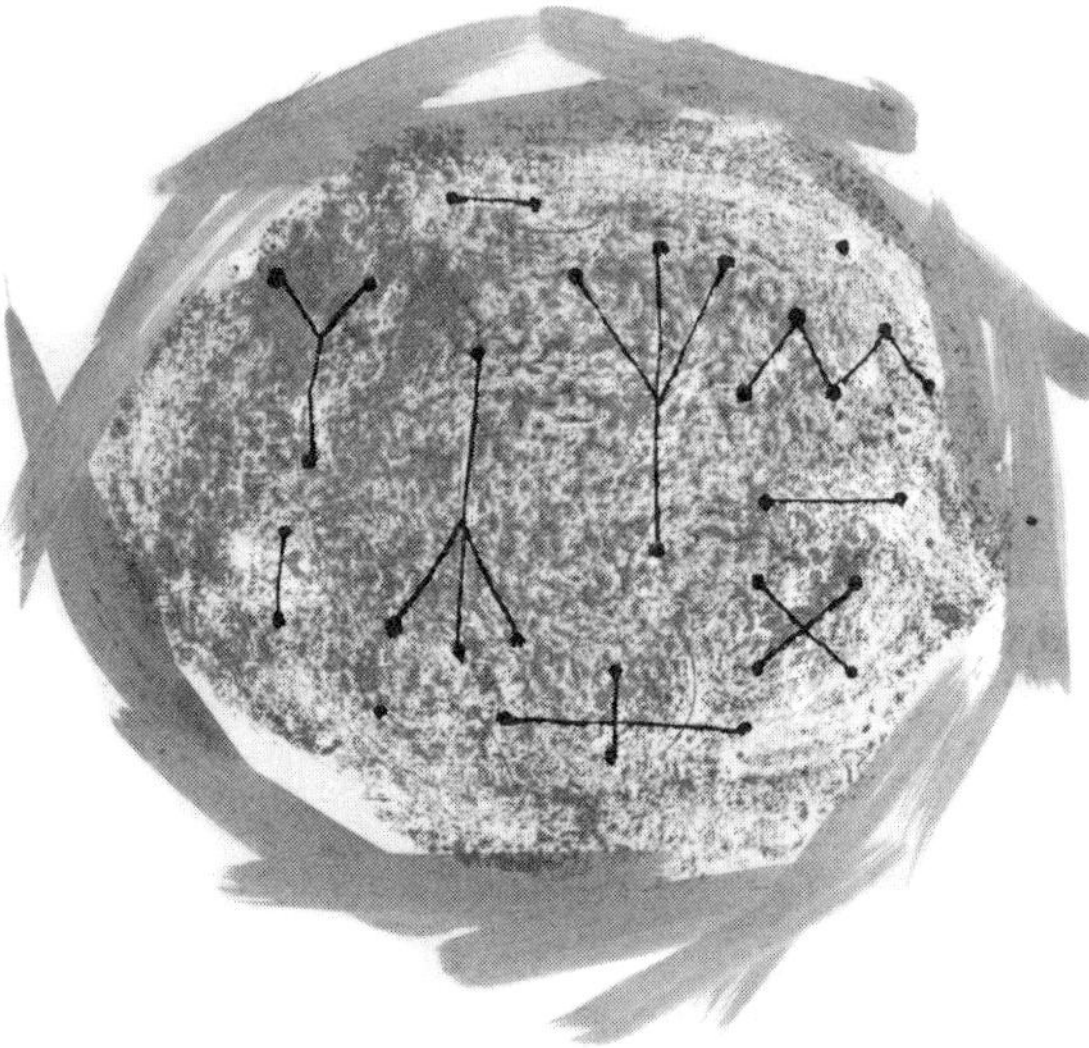

ことなくつづいています。老人は用心深くあの花の近くにあるしげみへ体をかくしました。そっとのぞいてみると、小さな背中が見えます。少年がいっしょうけんめい、あの花を掘りおこしているのでした。

「何をしている」

「南へ帰してやるんです」

その少年は顔も上げずにそう答えました。

「それはいかん。その花は私の家族なんだ」

その言葉に初めて少年は手を休め、顔を上げて老人を見つめました。少年の眼はまるで深く、おだやかな海のようでした。

少年に見入られて　老人がそれ以上言えないでいると、少年はまた背をかがめて掘り続けました。しばらくして老人は心配になって聞きました。

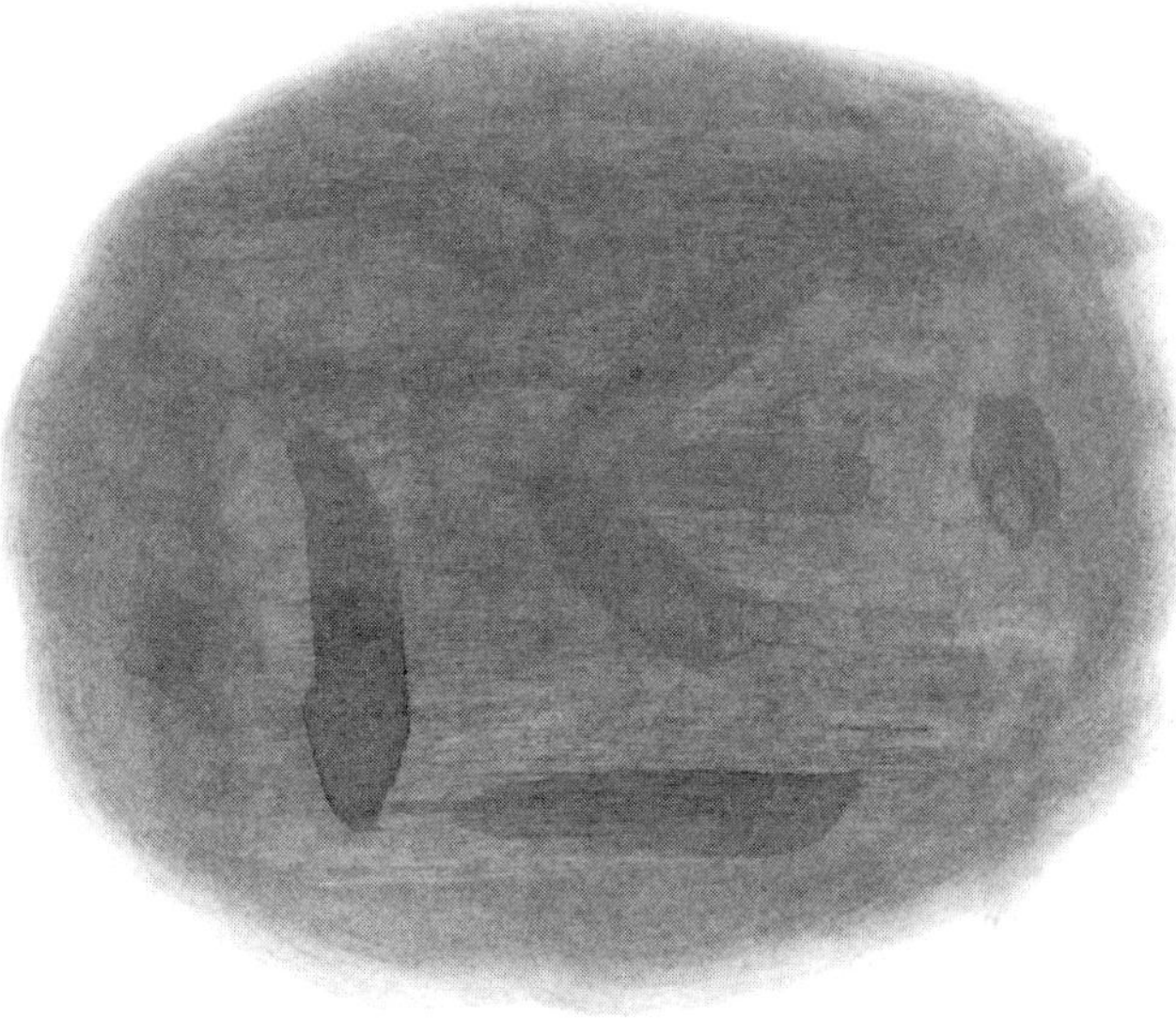

「ほんとに連れて行ってしまうのか？……」

少年は答えず、すっかり掘り終わると、大事にその花を抱き上げました。

「だめだ、行ってはいかん」

「ここにいては弱るばかりです。これじゃ……」

「いや。そんなことがあるものか……」

少年は耳をかさずに歩き出しました。老人はすぐ少年の行く手をさえぎり銃をかまえました。それでも少年は立ち止まらずに進みました。老人は一瞬ひるんで、道をゆずりましたが、思い切って銃の台じりで少年をつきとばしました。花と少年は泥土の中へ倒れました。すかさず老人は花を奪い、もう一度銃をかまえて身を守りました。

「すまない、だがこの花は私にとって、と

ても大切なんだ……」

少年は何も言わずに、また海の眼で老人を見つめました。けれどもその眼の中にはさざ波ひとつ起きていませんでした。

老人は少しずつ、あとずさりして行きました。でも少年はそのあとを追おうともせずに目をふせてゆっくり立ち上がりました。そしてくるりとうしろをふりむくと、庭の奥へ消えてしまいました。老人は落ちつかない気持で、小走りに庭を出ました。そして家に入ると戸の鍵をしめました。

それから毎日、老人は、昼の間はその花につきっきりで水の世話をしたり、日あたりをよくするためにいろいろと工夫してやりました。夜になると、またあの少年がこないかど

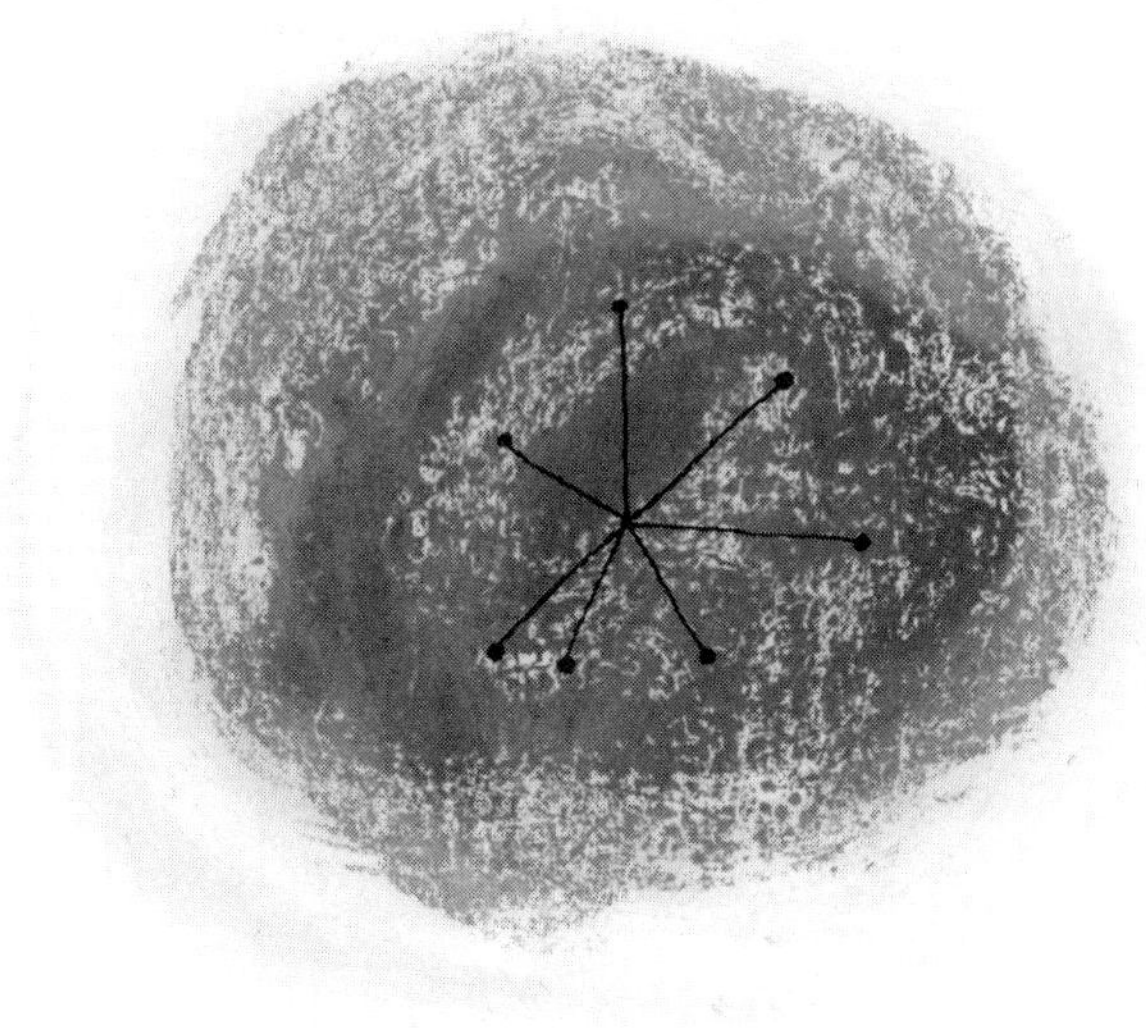

うか見張りをし、花もできるだけ家の窓から見やすい場所におきました。そうやって数日たつとようやくその花は元気をとりもどしてきました。蕾はしだいに空を向き、ふくらんできました。
　風も月もないある夜、老人が窓を開けると、蕾がふるえながら開いてゆくところでした。老人は窓枠にもたれかかると眠るのを忘れて見入りました。そうやって見ていると体中の力がぬけてゆくようでした。とうとうその花がすっかり開ききった時には、老人はもう自分が何を見ているのかもわかりませんでした。体中が目になって花に見入っているようでもあったし、逆に自分が花に見入られているようでもありました。

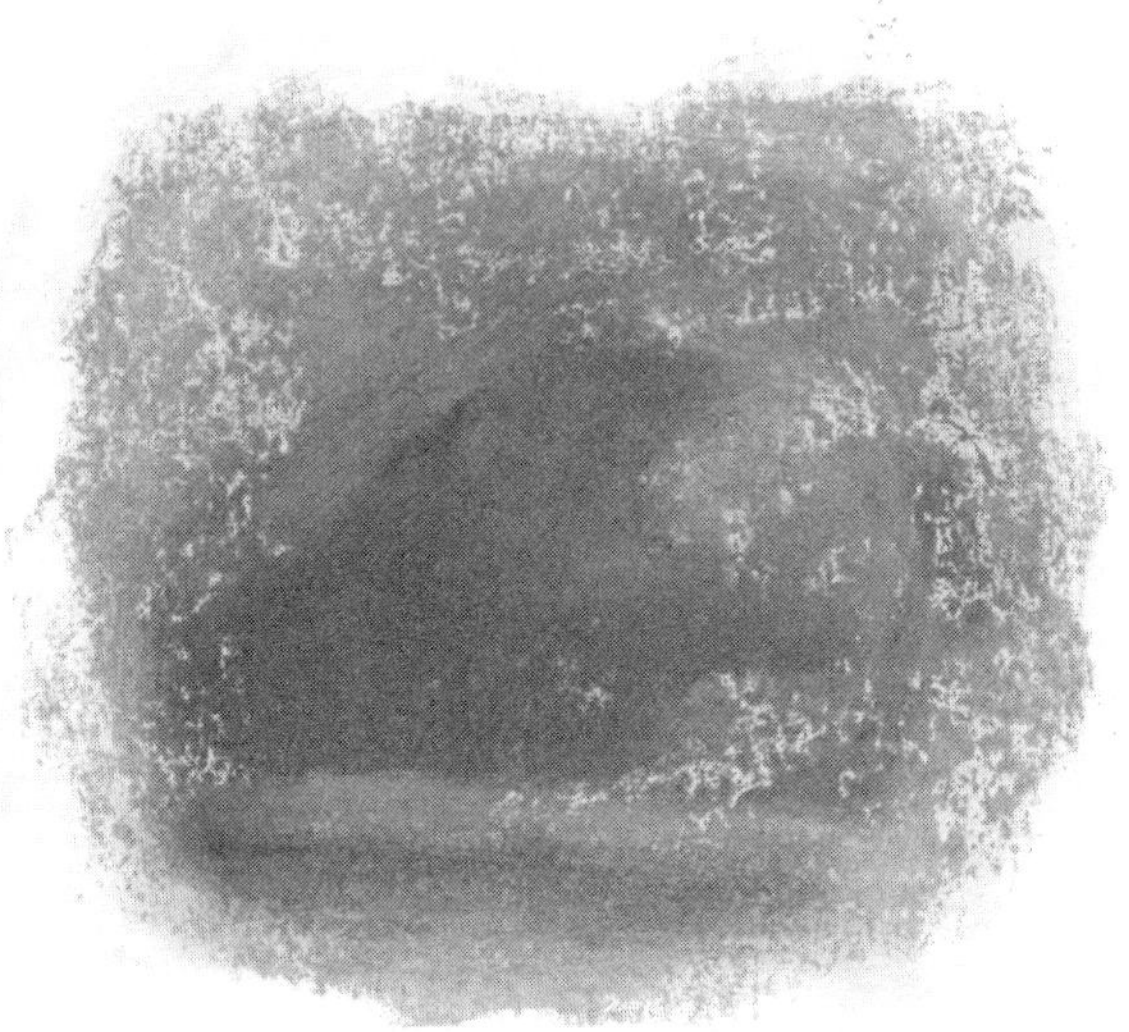

ふと我に帰ったとき、その花はもうありませんでした。しおれた花びらが土の上に横たわっていました。日の出が近づいて来ています。白みはじめた空の下に、あの花のために世話をしなくなっていた他のたくさんの花たちが、ぼんやりと見えました。それはみんな枯れていました。

やがて老人は眠りました。

ゆっくりと雑草と苔は侵入して来ました。
そして　家は朽ち、土台石だけが残りました。

Ⅰ 僕のおじさん

1

『北のほうへ行けば行くほど、動物も植物もほとんどいなくなってしまいます。そして……』

たったこれだけ読んで、その子は本をぱたんと閉じました。また　かびくさいにおいがしました。本が少し重いので、その子はひざの上に本をのっけたまま風の吹きつける窓を見やりました。二階の大きな書斎からは、庭の木々の上に町の屋根が少しみえます。でも今日は、重たい雲が雨を降らせようとまちかまえています。屋根たちはちぢこまっているように見えます。

……北の方ってきっとさみしいんだろうな。でも、さみしいって思う人さえ住んでいないんなら、さみしいというのとはちがうのかな。

屋根をみていると、その下にどんなことがあるのか知りたくなります。わくわくするような出来事が起こっているかも知れません。

でも今日は月曜日、子供たちはみんな学校へ行っています。

ですから、町の通りは犬か風しか走っていないでしょう。

……北の方ってきっとつまらないだろうな。遊ぶ場所があるだけで、友だちなんかいないんだから。でも、遊びたいと思う人さえいないんなら、つまらないって言うのとはちがうのかな。……今日は北の方みたいだ。北の方がやって来たみたい。

本が重いので、その子は机の上に本をおしやりました。すると胸がどきどきして、体があつくなりました。また　熱が出ているようです。

……本の上に顔をおしあてると冷たくて気持ちがいい。……でも、かびくさいな。

2

下の方で声が聞こえます。

……僕少し眠ってたみたい。そうだ、やっと帰ってきたんだ。

もう日が暮れかけていました。その子はベッドから降りると、ドアを少し開けてのぞきました。

「降らなくてよかったな。ああとてもいい家じゃないか」

お父さんの声ではありません。だれか別の人。お父さんは何か口の中で　もごもご答えただけです。

「ところで君の息子さんに会いたいな。もう学校から帰っているだろう？　上にいるのかい？」

また　お父さんの　もごもご言う声。

「何だって！　病気が重いというのにひとりきりにしといたのかい」

今度は、はっきりしたお父さんの声が聞こえました。

「仕事で仕方なかったんだ。それに医者はただのかぜで、二、三日寝ていれば熱はひくと言ってたよ」

そしてまた　急に声が小さくなって、二人して　もごもご。

……だれかな、あの人、お父さんの友だちかな。おや、階段を昇ってくる音、いそいでベッドにもどらなくちゃ。そして眠っているふり……

ドアが静かに開けられました。二つの大きな顔がのぞきました。

「眠ってるね」

お父さんは答えません。またドアは静かにしめられて、階段を降りてゆく音。その子は、もう一度、ベッドをすりぬけてドアを細めに開けてみました。でも二人とも居間に入ってしまったようなので　声は聞こえません。

……だれだか知りたいな。やさしそうな人みたいだから。でも、お父さんはなんだかきげんが悪いな。

なにも聞こえないことがわかると、その子はドアをそっとしめて、ベッドに戻りました。そしてカーテンをちょっとまくって窓の外を見ました。

庭が居間の光でぼんやりと照らされています。木が巨人のようです。ここからでは町の灯もみえません。そしてやっぱり曇っています。またベッドにもぐりこみました。

3

その次の日、目をさましたら、すごくぐらぐらゆれてる。ずうっと深くおち込んでくみたい。ひどい耳なり……いや雨の音だ。風も吹いてる。何時だろう。起きちゃったんだから朝かな？　暗い朝、暗い暗い朝……

朝が来たようです。明るくはないけれど。そしてすごい雨が降っています。でもその子はまだ眠っています。ドアがゆっくり開きました。

夢の中でその子はあたたかいミルクをのもうとしていました。ふっと目がさめると、あ、ほんとにあたたかいミルクがあります。そして、きのうの知らない男の人がベッドの横にすわっていました。

……最初にミルクをのもうかな、それともこの人がだれかきいてみようかな。

そのとき男の人が言いました。

「起こしちゃったかい？」

「ううん、起こしたのはミルクだよ」

こう言ってしまったのでミルクを先にのむことにしました。ふうふうさましながらゆっくりのむと、おじさんが言いました。

「おじさんはね、ほんとの君のおじさんさ。君のお父さんは僕の弟なんだよ。わかったかい」

その子はゆっくりわかったというふうにうなずきました、がほんとうは少しややこしくてあんまりわかりませんでした。でもとにかくおじさんなのです。他人じゃなくて親せきなのです。そう思うと　ついにっこりしてしまいました。

「おじさんはね、きのうの夜ついたばかりなんだ

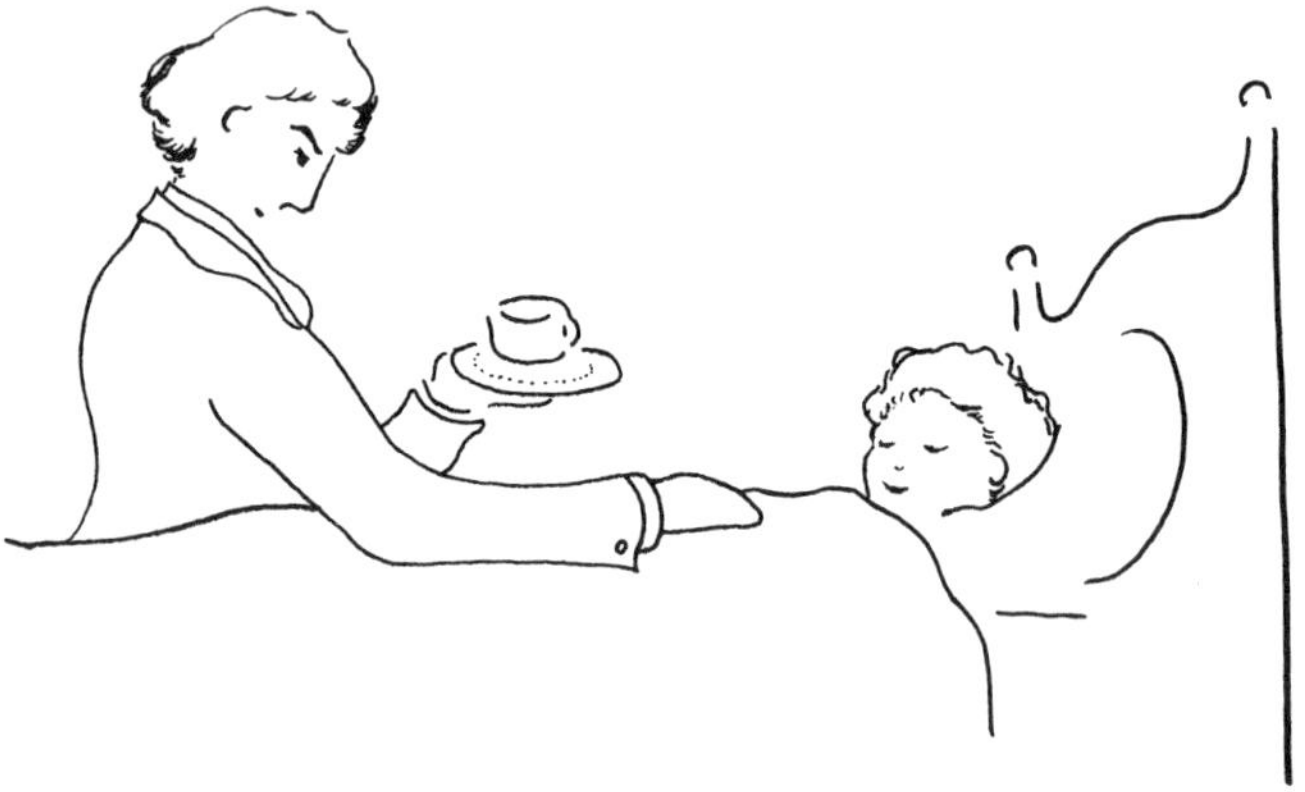

よ。でも、何にもおみやげないなあ。よかったらこれから町に買いに行こう。あ、そうか君は病気だったね。一日中寝ていなくちゃならないんだね。本でも買ってきてあげようか」

「……あの……いいんです……本はお父さんの部屋にたくさんあるから」

「でもむずかしいだろう」

「……絵だけみるの」

「あ、そうか、さし絵を読むんだな。でもやっぱり一日中寝てばっかりいちゃ　たいくつだろう?」

「……うん……でも小さいときからこんなふうだったから慣れちゃってるの……いろんなこと考えているとおもしろいんだ」

「どんなこと考えるの?」

「……いろんなことを考えるの」

「たとえば　どんないろんなこと?」

「……うーん　いまも考えてるんだけど　たくさんあって思い出せないや」

「そうか、でもやっぱり何かもってきてやれたらよかったな。君の室にはおもちゃなんてほとんどないじゃないか」

「…………」

「あ、ごめんよ、別に君のせいじゃないね……」

「……僕ね……外を見るのがいちばん好きなんだ……この部屋じゃだめだけど、お父さんの部屋に行けば町もほんの少し見えるんだよ」

「でも君は町へ行ったこと　あるんだろう」

「……あんまり行けないんだ。行くとすぐ胸が苦しくなるし、また　すぐ寝なくちゃならないもの」

「庭の中ならいいだろう？」

「天気のいい日に少しだけ……」

「今日は雨降りだからどこにも行けないね」

「……ねえ、おじさん、北の方もこんなふうなの？」

「北の方？……あ、北の国のこと？　そこはここよりもっともっと寒くて、雨じゃなくて雪が降るんだよ」

「……雪って？」

「雪って水の結晶した……いや、氷の花みたいなものだよ」

「じゃ　北の方にも花が咲くんだね」

4

玄関のところでお父さんが外出の用意をしているようです。おじさんはすぐ下におりてゆきました。雨はますますひどくなってきます。下で何を話しているのかまるで聞こえません。風も吹いています。ベッドのところにもつめたいすきま風がやってきます。ストーブがときどき怒り出します。

……北の方にも花が咲くんならさみしいところじゃないんだ。でも花が上から降ってくるなんておかしいな。きっとおもしろいところなんだ。そのかわりここよりずっとずっと寒いなら、僕には行けやしない。

また　階段を昇る音が聞こえます。おじさんでした。

「お父さんは出かけたよ。毎日ひとりじゃさみしいだろう」

「おじさんはいつまでいてくれるの?」

「ほんとはね、おじさんはお金がなくなって住むところもなくなったのさ。だからここに来たんだよ。いつまでいられるか私にもわからないんだ」

「いつまでもいてくれるといいのに」

「…………」

おじさんは黙って窓の外を見つめました。しばらくするとふいにおじさんは言いました。

「外を少し　散歩してみないか?」

「外は雨だよ。僕　寝てなくちゃいけないし」

「もう少ししたら雨も風もやんでしまうよ」

「どうしてそれが……」

言い終わらないうちに　もう外は静かになってきました。

日が差して来ました。だんだん暖かくなります。

「おじさん魔法でも使ったの？」

「魔法なんてありゃしないよ。ただ、空が勝手にこうなったのさ。さあ庭へ出てみよう」

あ、鳥もいる、暖い風、外で新しい空気が吸えるなんて……花も咲いてる。

「ねえ、おじさん。北の方の花ってどんなの？」

「さわると消えてしまうんだよ……ね、少し走ってごらん」

「だめだよ苦しくなるんだもの」

でも体の中　ふしぎな感じだ。走ってみようかな。……あ、なんともないみたいだ。木も草もみんな流れてゆく。

「こんなに早く走ったのはじめてだよ、おじさん」

「ね、じゃあ町まで行ってみよう。そして公園や駅や店なんかにも行ってみよう」

どんどん雲は切れて消えてゆきました。そしてますます暖かくなってきました。

5

「これが駅なの？」

「はじめてなのかい。北の国へも南の国へも連れていってくれるところだよ」

「南の方はあたたかいから行けそうだな」

「そうだね。じゃ行ってみようか」

「今？」

「そうだよ。いつでも行きたいところへ行けるんだよ。それが駅なのさ」

「それなに？」

「これは切符さ。これがないと汽車にのれないんだよ」

「でもおじさん　お金ないんでしょう？」

「この切符はお金で買ったんじゃないのさ。借りただけなんだよ。帰ってきたときに返せばいい」

＊

「これなに？　水がたくさんあるね」

「海だよ。はじめてなんだね。この中には山だって谷だってあるし、いろんな魚や貝が住んでいるんだよ」

「花も咲いてる?」

「光の花が降ってくるよ」

「北の方みたいだね。あ、向こうの方に人がたってるよ。水の上に人が立てるの?」

「あれは舟さ。魚をとっているんだよ」

「あの人壁にぶつからないのかな?」

「壁って?」

「海が切れてるところ」

「あれは水平線さ。あの向こうにも海がつづいていて別の世界があるんだよ。それに壁だって空がつづいているだけなんだよ」

「じゃ、空って横の方にもつっ立っているんだね」

「さあ、もう帰ろうか　そろそろ汽車がくるよ。疲れたかい？」

「ちっとも疲れないんだ。ふしぎだな。魔法にかかってるみたい」

「でも、少し休みなさい。寝たらどう？　あとはおじさんが家まで連れていってあげるよ」

6

おや、雨が降っています。おじさんはどこにいるのかな？　そっとドアをあけてみました。何だかだれもいないみたいです。それにもうすっかり暗くなっています。そろそろお父さんが帰ってくるころです。なんだか体がとてもだるい感じです。きっとまた　熱が出ているのでしょう。ベッドにもどらなくちゃ。あ、お父さんが帰ってきた。おじさんは？　いないみたいです。階段を昇る音はたしかにひとりだけ、それもお父さんのです。

「おかえりなさい、お父さん……あの……おじさんは？」

「おじさん？」

お父さんはふしぎそうな顔をして近づいてきました。

「お前はきっと夢でも見たんだろう……あっ　また熱が出ている。はやく寝なさい。薬はのんだかい？」

「でも確かにきのうおじさんをつれてきたでしょう？　ね？」

「ほんとにお前は熱が高いよ。医者をよぼう」

「あれは夢なんかじゃないよ。ほんとに僕にはおじさんがいて、あたたかいミルクをくれたし、海もみせてくれたし、汽車にも乗ったんだよ」

でもお父さんは困ったように頭をふりました。

「医者をよんでこよう。熱が高すぎるんだ。それにひどい汗だよ。おや、パジャマのすそに土や草がついてる。まさかお前　外に出たんじゃないだろうな。もしかしてその汗……ずぶぬれじゃないか。外に出たんだな」

「だからさっきから言ってるんだ。おじさんといっしょに、庭を走ったり、海へ行って……」

「こんな大雨の日にか。冗談じゃない。死んでしまうじゃないか」

「でもすごく天気　好かったんだよ」

「そんなこと言って……もういい。医者のところへ行ってくる。ちゃんと着替えて寝ていなさい」

ああ、なんだかくらくらするな。きっとひどい熱なんだ……

すぐにお医者さんがやってきました。熱をはかったり、注射したりした後で、お医者さんはお父さんといっしょに下へおりてゆきました。そして、しばらく玄関でひそひそ話していたようでした。やがて、お父さんが上ってきました。

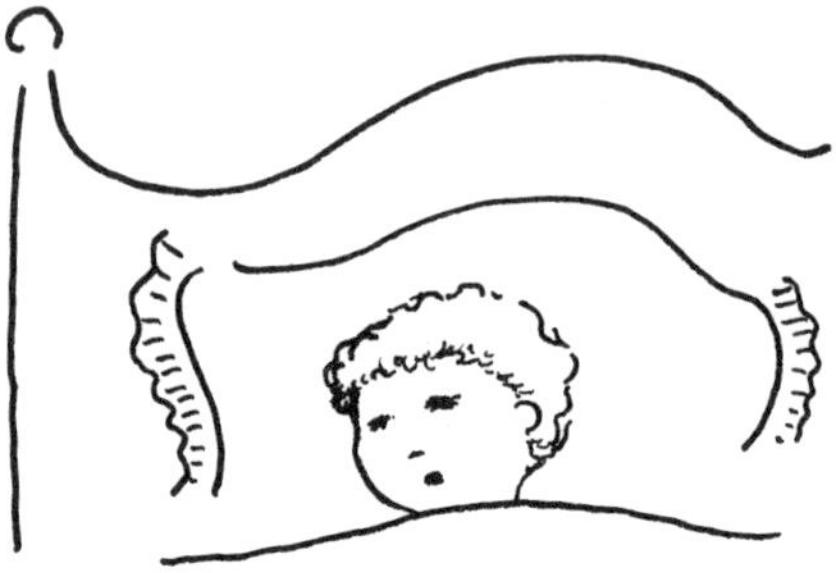

「なんでもないからね。安心して眠りなさい。すぐに眠れる薬をもらったからね。もう二度と外になんか出ちゃだめだぞ。お父さんが毎日家にいられなくてすまないが、仕事だから仕方ないんだ。さみしかったり、つまらなくてもがまんしておくれ。この家は古いけれどね、財産といえばこれしかない。仕事ができなくなったら、この家を売らなくちゃならないんだ。でもそれはできない。お母さんが残したのはこの家とお前だけだからね」

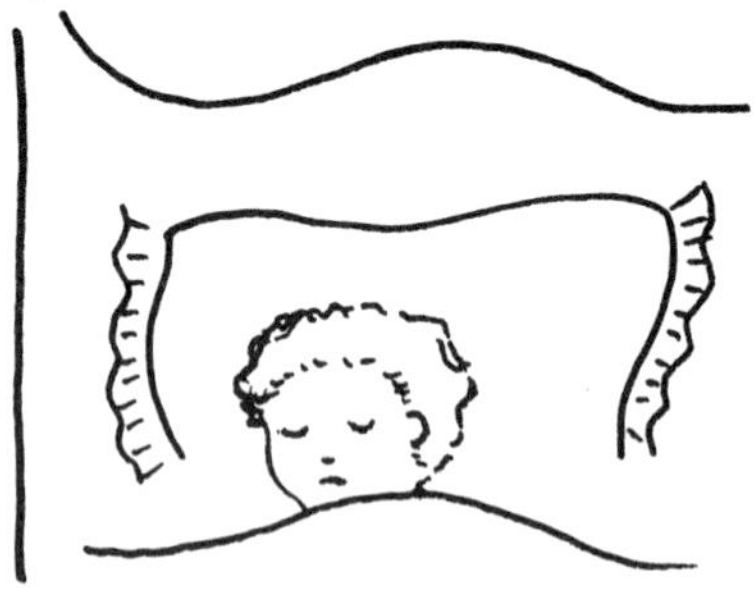

　でもその子は　お父さんの話を半分も聞かないうちに　眠ってしまいました。お父さんもそれでよかったと思いました。

7

変な空の色だな。夜みたいな色してるくせに、変につやつや光ってる。オーロラでもでてるのかな。おや、いつのまに僕、庭になんか出てるんだろう。お父さんにしかられちゃうな。でもとても気持がいいな、熱はないみたいだ。おや　あれ羊じゃないかな……ほんとに羊だ。それも何十匹も　いや何百匹っている。あ、だれか手をふってる。……おじさんだ。

「おじさん！」

「やあ、また　具合がわるくなっちゃったね。いろいろ連れまわったからだね」

「でも、とってもたのしかったよ。はじめて見るものばっかりだったんだもの」

「そうか、じゃ、やっぱりよかったね。また　行こうか」

「でもこんど行ったらほんとに死んでしまうかもしれない」

「そうだね、もっと元気になったら行こう。こんどは海を越えて、南の島へでも行ってみようね」

「うーん、それより北の方がどんなだか一度行ってみたいな」

「北の国なんてつまらないよ。ただ白いだけなんだよ。寒くて、風が吹いて、……ただそれだけなんだよ……もう北の方なんて考えるのはよそうよ、ね」

「うん……でも……」

「ほら！　見てごらん　私があつめてきた羊たちだよ。毛をよくみてごらん、少し金色をしているだろう。月の光がしみ込んでいるのさ」

「ほんとだ、でもどこから連れてきたの？」

「それはね……ほら、よく眠れない人が羊を一匹二匹と数えるだろう、そうやって数えられた羊をあつめただけなのさ。毎日ちがう数なんだよ」

「あれっ、まだあそこにしげみからどんどん出てくるよ」

「まだ眠れない人がいるんだね」

「ね、おじさん……お父さんがね、おじさんは僕の夢の中の人だって言ってたよ。おじさん、ほんとは僕のおじさんじゃないの？」

おじさんは困ったふうにしばらく羊をなでていました。そして言いました。

「ごめんよ、ほんとは君のおじさんじゃないんだ。ほんとはね　君のお父さんなのさ」

「だって僕にはちゃんとお父さんがいるよ」

「そう、あのお父さんは確かに君のほんとうのお父さんさ。でも私はね、君のほんとうのお父さんの中にある一つの心なんだよ。お父さんはね　いつも仕事ばかりしている。それは君を養なったり、薬を買ったり、良いお医者さんにみてもらうためなのさ。そのかわり君のそばにはいてやれない。どんなに君をさびしがらせまいとしてもだめだ。私はね、君のそばにいてやりたいというお父さんの心なのさ」

「妖精みたいなもんなの？」

「さあ、似たようなものかもしれないね。でも私は君に夢の中でしか会えないんだよ。そこでいろいろなことをお父さんのかわりにしてあげたんだけれど、君は夢遊病者みたいにほんとに外に飛び出しちゃったから、また熱が出てしまったんだ」

「ふうん　そうだったの。でも……でもそしたらおじさんは　お父さんってよべばいいの、それともおじさんってよべばいいの？」

「おじさんでいいよ」

「やっぱりおじさんなんだね。また　遊びにきてくれる？」

「もちろんさ　君が忘れないかぎりね」

「忘れるって？　忘れるわけないよ。僕のおじさんなんだもの」

「そうだね。それじゃ正式におじさんになれたお祝いと君の健康のために乾杯しよう」

「どうやってするの?」

「泉のところへ行こう」

「でもこの泉はずっと前からかれたままだよ」

「いいから、さあコップを持って。いまにわいてくるよ」

「あ、ほんとだ、おじさん魔法使ったんだね」

「いいや、泉がかってにわいただけさ。さあコップにそそいで……」

「おや水に月が浮かんでる。いつのまに出たんだろ」

「少しゆすってごらん」

「あ、月がとけちゃった」

「レモネードだよ、乾杯！」

「かんぱい！」

「見てごらん、羊たちがのぼってゆく」

「どこへ行っちゃうの？」

「流れ星になるんだよ、ほら」

「ああ　きれいだな……いろんな色……こんなにたくさんの色見たのははじめてだ。あっ地面におちてきたよ。これもらっていい？　星の形をしている。あたたかいや」

「大事にしまっておきなさい。きっといいことがあるよ。……おや、もう夜が明ける。君はそろそろ起きるころだぞ。私も行かなくては……」

おじさんは羊の背にまたがりました。すると羊は空中に浮き上がりました。

「おじさん　どこへ行くの？」

「夜の方さ。夢の国で私はたくさん仕事があるんだよ。羊も集めなくちゃならない。君は早く朝の方へ行くんだよ。さようなら」

そう言うとおじさんをのせた羊は流星になって西の方へ飛んでゆきました。

8

その子は夢から目ざめました。

ベッドの横の椅子にお父さんがねむっています。

そっとベッドからおりて窓のカーテンを開くと、暖い風が、厚い雲のとびらを開けています。

光の降る朝がやって来ていました。

ふと思い出して胸に

手をあてると……ありました。あのあたたかい流れ星。

そういえば、こんなに気持よく起きられたのは、はじめてです。

熱も下がったみたいだし、胸も苦しくない。これならほんとに庭で走れるかも知れない。

「お父さん」

小声で呼んでみました。

でも疲れた息をして眠っているので、もうそれ以上は呼びかけませんでした。

そして、その子は開かれてゆく雲をながめました。

Ⅱ　はじめての友だち

1

「また、病気なんだってね」

「だれ？　君、窓開けちゃだめだよ。夜なんだから……熱がひどくなっちゃう……」

「あいかわらずなの？」

「ううん、だんだんよくなってるの。でも、でもときどきむりすると熱がでちゃうんだ。今はそのときどきなの……それより君いったいだれなのさ。」

僕また　夢みてるのかな」

「そうよ、だから安心しなさい」

「君、女の子みたい　だけど　男の子みたい……おやあ　そのぼんやりしたもの羽なの？」

「そうよ飛んでみせましょうか、ほら」

「……すごいや。じゃ　きみ天使なの？」

「ちがう。誰だと思う？」

「そんなのわからないや。そういえば、ね、どうして僕がまた　熱だしたのがわかったの？　それに『あいかわらず』なんてきいたりして……ずっと前に会ったことあった？」

「そう……遠くからなら私、あなたを何度も見たわ。あなたは気づかなかったけど……あなたってたくさん夢見るのね」

「じゃ、きみも夢の中の人……そうだ、おじさんいないのかな、今日」

「あ、思い出した。私ね、あなたのおじさんのかわりに来たの。おじさんね、ちょっといそがしいのよ」

「羊そんなに出てきたの？」

「羊だけじゃないわ。病気の子供だってたくさんいるんだから。とにかくおじさんの仕事は　とってもいそがしいのよ」

「そうなの……なんだかずいぶんむずかしそうだね」

「そうよ、私たちの世界ってわりといろんなもんが込み合ってるわ。だってたくさんの人がたくさん夢を見るんですもの」

「ふうん……それじゃ君、妖精でもないんだね」

「そう、だれかずっと前に私の夢を見て、そして生まれたのよ」

「ずっと前？　何百年も前？」

「夢の中じゃ　そんな数え方しないわ。ずっと前、少し前、今、っていうふうに数えるの」

「簡単でいいね。でも僕にとっちゃ　おばあさんぐらいになる？」

「失礼ね。としの話なんか……」

「あ、ごめんね、でもやっぱり子供なの？」

「あたり前、さあ外へ出ましょうよ」

「でも寝てなくちゃ」

「これは夢なのよ、それとも具合わるい？」

「ううん、夢だといつも気持ちがいいんだ」

「昼の間、庭へ出ること　ある？」

「天気がよければいつも散歩できるようになったの。休みの日はお父さんが町の方へつれてってくれるよ。お父さん、とっても喜んでるんだ。だんだん病気よくなるんだもの。でも昨日はちょっとやりすぎちゃったんだ。公園でね、お父さんがボートにのせてくれたんだけど　僕ボートはじめてだったもんだから、うれしくてついボートの中でさわいだらひっくりかえっちゃったの」

「ふうんボートはじめてだったの。あなたぐらいの男の子はもっともっといろんなことしてるのに……学校行ってるの？」

「まだ行けないの。行ってみたいけど、でも自分の名前は書けるよ」

「じゃあわたしがいろんなつづり方や計算のしかた　教えてあげましょう」

「やあ　うれしいな　読み方も少しはできるんだ。お父さんの部屋にたくさん本があるから……でもとてもむずかしいの」

「それ大人の本だからよ。ねえ、町まで飛んでってみない？　いろんなネオンサインがあっておもしろいわよ」

「ネオンサインってなに？」

「光で文字をつくってるのよ。さあわたしの手を取って、それだけでもう飛べるわ」

「ほんとだ、僕飛んだのはじめて。いつも飛んでみたいと思ってたんだ」

「だから夢の中で望んだことがかなうのよ。さ、行きましょう」

2

「光の川が流れてる」

「そうよ、あれがネオンサインや、いろんな照明なのよ。もっと低く飛んでみましょう。ゆっくりとね」

「……心配だな。また僕　夢遊病者みたいになって庭の中、走りまわってるんじゃないのかな。前にもそんなことあったから……」

「それは　私にはわからないの。ごめんなさい。これが夢の世界の不便なところよ。また熱がでたら、また来てあげるわ。だから心配しないで……それよりこのネオンサインで字をおぼえましょう。……あら、ずっとむこうの丘の上、火がみえるわ、ほら」

「あ、ほんと、火事かな。いや小さいから小屋のあかりかな……

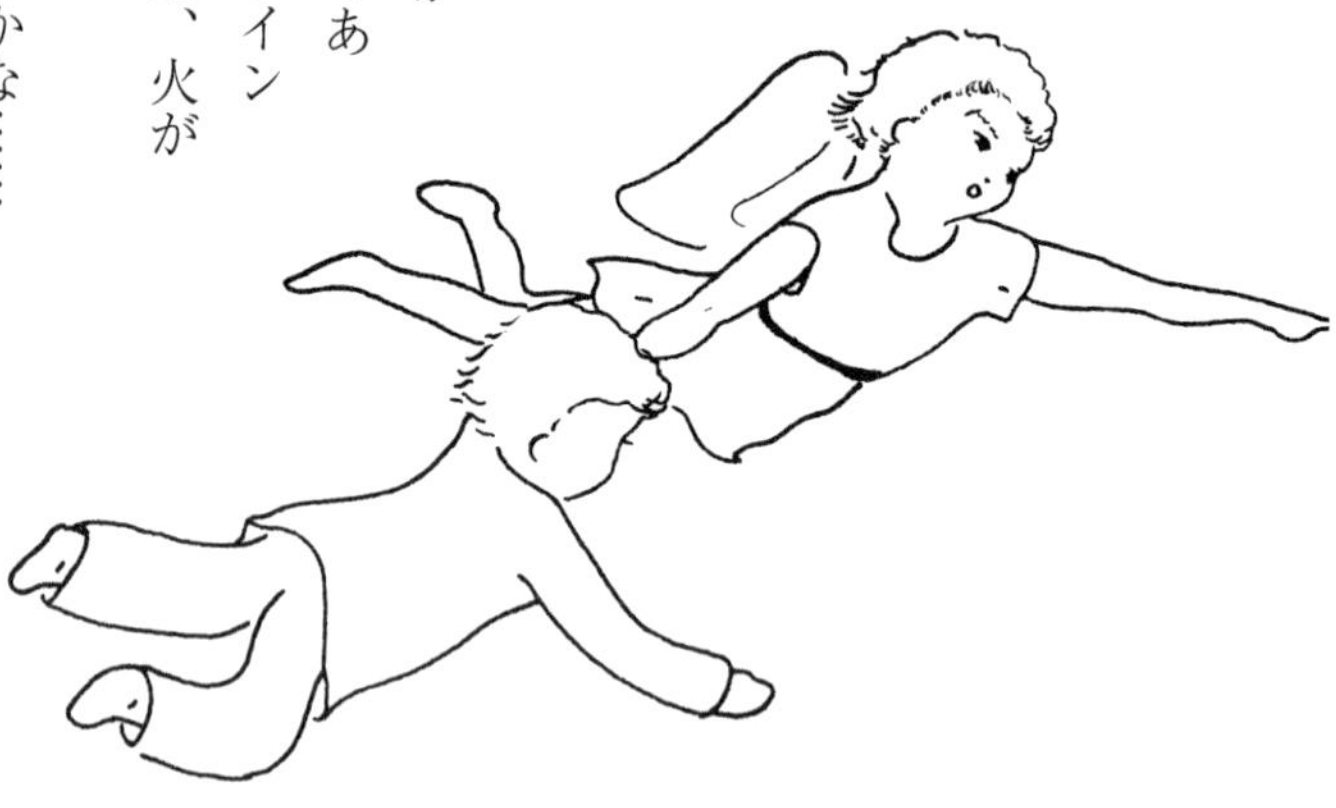

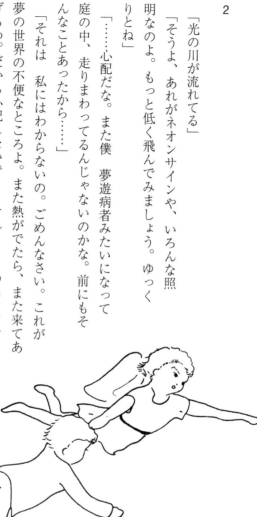

なんだかしきりに動いてるよ、あ、大きくなった」

「いってみましょう、急いで、しっかりつかまってね」

「すごい早さ、そんな薄い羽でよくこんなに早くとべるなあ、魔法だね」

「ちがうわよ、地面の上しか動けない方がよっぽど不思議だわ、あら、あそこにあなたのおじさんがいる」

「ほんとだ、それにあの火……あれ怪物じゃない？　ドラゴンだよ。あんなの　こんなところに住んでたかな」

「急いで行かなくちゃ、おじさんやられちゃうわ」

「でも恐ろしいな、あの怪物、火を吹いてるよ」

3

「ああ　きみたち、来ちゃあぶないよ」

「あ、やっぱりおじさんだ。変なかっこう……中世の騎士みたい」

「そうよ、戦いだもの」

「でも……なんでおじさんがやってるの？」

「そこがややこしいところなの。おじさんにはたくさん仕事があるって言ったでしょ。それより応援しなくちゃ」

「どうするの？　なんだか……」

「あなたふるえてるわね。ほらあぶない！　火がついちゃうわ。火には水よ。この辺に水のあるところない？」

「公園にならあるよ」

「じゃ、こいつをそこへ連れて行きましょう」

「どうやって？」

「ドラゴンってね、子供が好きなのよ。好きといったって食べるのがね。ふるえちゃだめ。だからね、私がささえてあげるから、あなたがドラゴンを公園へさそい出すのよ」

「だめだよ、やられちゃうよ、君じゃだめなの？」

「まあ弱虫ね。私は夢の中の子供だからだめなのよ。ほんとうの子供じゃないとね。さ、勇気だして。しっかりつかまるのよ……そんなにしがみつかないで。飛びにくいわ。片手でつかまって、もう片方の手であいつを興奮させるようにするのよ」

「そしたらほんとに黒こげだよ」

「大じょうぶ　うまく飛ぶから。足もばたつかせて注意をひくのよ……そう、そうやって……ほら、気づいたわ、あらだめよ　やめちゃったら」

「体がこわばっちゃうんだよ。すごい目してる……あっ火をふいた」

「さ、もう一度、だんだん興奮してきたわ。そしたらあいつは体じゅうあつくなるのよ。そこで水におっこちると急に冷やされて死んでしまうわ。もっと足をばたつかせて……そうそう」

「どんどんついてくるよ。早足になってきた……うわっ　あつい」

「かすっただけよ。やけどした？ごめん。こんどはもっとうまく飛ぶわ。もうすぐ公園よ」

「早くして……あ、ほんとにはしり出した、いや、つばさを広げたよ、空を飛んだ」

「あら、いけない、あいつが飛べるの忘れてたわ」

「冗談じゃないよ。僕たちどうな……あ、おじさんがおいかけてきた。おじさん！」

「なにか合図してるわ。……そうか、わかった」

「どうするの？」

「公園の池の真上におびきよせるのよ。いいからはやく、しっかりつかまって、足をばたつかせて……」

「どうしてこんなにおそく飛ぶの？　追いつかれちゃう」

「もう、池の上だからよ。ほら、おじさんを見て」

「あ、槍を投げた、すごい、つばさにあたったぞ。うわっ火をふいた」

「さ、早くにげなきゃ」

「ゆっくりおちてくね……花火みたいだ……ああ　池におちる……かわいそうみたい」

「あれでもう死んだわ。……どう　すごくおもしろかったでしょう」

「冗談じゃないよ。すごく　こわかった」

「でもあなたがやっつけたのよ。あなたがいなけりゃ　できなかったわ」

「僕が？……そう僕がやっつけたんだね。こんなすごいことしたのはじめて」

「他のどんな子もやったことないわよ。手、やけどしちゃった？」

「うん、少し」

「男の子らしくていいわ。でも降りて手あてしましょう」

4

「おじさん！」

「やあ、むちゃしたな。でも、よくやったね」

「おじさん、すごいね。いつもあんなのと戦うの？」

「いつもじゃあない。でも　ときどきね」

「なんであんなの出てきたの？」

「それはね、子供があんな夢をよくみるからだよ。たいていのは小さくてすぐ火も消えちゃうけどね。たまにはああいうすごいのも出てくるんだ。あれはね、いまにも死にそうだった病気の子供の夢だったんだよ。もう少しでその子はあいつに食べられるところだった。それを君が助けたんだよ」

「ふうん、じゃあその子　助かったの？　ほんとに」

「そうさ。助かったんだよ」

「僕みたいに体の弱い子だったんだね」

「そうなんだ。でも、君はだんだん元気になっているね」

「うん、お父さんもそれでよろこんでるの」

「そうか、よかったね」

「でも、また熱出しちゃったんだ」

「大丈夫だよ。君は少しずつ力がついてきてるから、すぐになおってしまうよ」

「……僕ね、まだあの暖い流れ星だいじにもっているよ」

「そうか……でも本当に元気になったらあれもいらなくなるよ」

「だってあれ、お守りみたいなもんでしょう」

「うーん、君があぶなかったからわたしただけさ」

「じゃ、魔法の石?」

「いやいや……ただの石なんだよ」

「おかしいな。なんだかわからないや」

「わからなくて　いいんだよ」

「でも……」

「だからさっきも言ったけど、夢の国ってややこしいところなのよ」

「ふうん」

「でもあなたがほんとに元気になって誰か病気で苦しんでいる子をみつけたらそれをおあげなさい。きっといいこと　あるわ」

「うん、そうするよ……」

「おや、急にだまり込んで、どうしたんだい？」

「ねえおじさん、おじさん、ほんとは僕のお父さんの心なのに　なぜいつも来てくれないの？」

「それはね、私は確かに君のお父さんの心だけれど、他の子供たちのお父さんの心でもあるからなんだよ。いいかい、いろいろなことがあってね、子供たちに思い通りにさせてやれない親がたくさんいるんだよ。病気になったりしてね。それに親のいない子供だっている。だから私がそんな子供たちをほんの少しだけ助けてやっているんだよ」

「ふうん、おじさん　ほんとにいそがしいんだね。……でも僕　今夜はおじさんの仕事手伝ったんだね？」

「そうだよ、それに君がもっともっと元気になったら夢の中じゃなくてもいろんな人を助けられるようになるんだ」

「ふうん…………」

「…………さて、そろそろ行くかな。羊があふれちゃったら困るからね。今夜は助かったよ。じゃ、さよなら」

「さようなら、おじさん」

5

「さあ、もう帰りましょう。朝が近いわ。私は西の方へ行かなくちゃならないの。あなたをお家まで送ってってあげるわね。つかまって」

「あ、もう東の方　赤くなってきたね」

「いそがなくちゃ」

「……ね、君、またきてくれる?」

「そうね。来てあげるわ。まだ友だちもいないんでしょ。そして計算の仕方なんかおしえてあげるわね」

「ありがとう……ああもうついちゃったの。早いなあ」
「もう時間がないわ、それじゃ、さよなら、さよなら」
「さようなら……」

……どうしたのかな?……ああ、ほんとに起きたんだ。朝になってる。でも変だな、別の世界を行ったり来たりして、何にも眠ってないみたい。おや、すごく汗かいてる。でも熱、とれてるみたいだ。おじさんの言った通りだな。

あ、この手……そうだ、きのう……、きのう、きのうでいいのかな?　とにかくドラゴンと戦ったんだっけ……でも変わった治し方。草で湿布してあるだけだ。それにあの流れ星。あれただの石なのかな、それとも……まあいいや　でもはやく誰か苦しんでる子にわたせるようになるといいのに。

Ⅲ　船

1

その子は　昼食を食べ終ると、食器をかたずけに立ち上がりました。

午後はやっぱり体がすこしだるくなります。二階に上るのがおっくうです。

そこで、食堂の椅子にこしかけて外をながめることにしました。家の中はしいんとしていますが、外だって同じように静かです。食堂の窓からは　庭の木立の下間に町の通りが少しのぞいています。おや、むこうの歩道の木の下に人がこしかけているようです。いつもは、人のいないところなのに……どうもおばあさんみたいです。そしてこしかけたまま　なにかしきりと空に手を上げたり、下ろしたりしています。口も動かしていますがよく聞こえません。……何してるんだろ。あれ、鳥が降りてきた。あ、あ、どんどん降りてくる。

その子は思わず立ち上がると窓近くに寄りました。たくさんの鳥がおばあさんのまわりに

降りて来ます。ひざや肩や、頭にまでのっかって来るのもいます。おばあさんは何やらとり出しました。
……えさをやってる。ふうん、鳥たちにもお昼を食べさせてるんだ。
その子は一心に見つめています。おばあさんがえさをやり終えても鳥たちは、飛び去りません。おばあさんはしきりと鳥に話しかけているみたいです。鳥たちは相変わらず、ひざや肩や頭にのっかりました。その子も相変わらず、じっと窓に顔をおしつけて見つめています。
そんなことをしているうちに、とうとうお昼はすぎ、太陽はだんだん赤く、重たくなってゆきました。

……あれ、あれ、鳥が行っちゃう……みんな行っちゃう……

おばあさんは　ただじっとすわって見ているだけです。とうとう一羽もいなくなりました。その子はふっと我に帰ると、また椅子にこしをおろしました。なんだか一度に疲れてしまったみたいです。

……あんまりいっしょうけんめい見すぎてたみたい……頭がぼんやりした感じ……

早く寝た方がいいようです。

2

……もう夜になってる。今日は　まだ少し明るいうちに寝たはずなのに。また　夢見てるのかな？　気持がいいからきっとそうなんだ。そう言えば、あのおばあさん今どこにいるんだろ……その子はベッドからおりると手さぐりでドアを開けました。そしてお父さんに気づかれないように、そっと家を出ました。

……あ、すごく晴れてる。星こんなにたくさん見たのはじめて……

月は出ていません。でも星明りだけで　おばあさんのいる所がすぐわかりました。さっきと同じ所にこしかけています。おや、何かたくさんいます。鳥です。

……おばあさん何してるのかな。何か作ってるみたい。

「おばあさん！　何してるの？」

「ほっほっ、とうとう手なずけたよ」

「手なずけるってなあに？」

「思い通りにするってことさ。ほっほっ」

おばあさんは絶えずにこにこ笑っています。

「おばあさん　なんだかうれしそうだね」

「そうさ、とうとう手なずけたんだもの」

「何を？」

「この鳥たちさ。わたり鳥だからねえ。むずかしかったよ」

「わたり鳥ってなあに？」

「遠い所を行ったり来たりする鳥さ。ほっほっ」

「ふうん……北の方にも行く？」

「もちろんさ。北へ行って、南へ帰って、それからまた北へ帰って、南へ行って……」

「どっちが住んでる所なの？」

「どっちでもないさ」

「お家ないの?」

「ほっほっ、どこでもお家さ。……こらこら　待っとくれ、静かにな。そうそう……」

「何してるの、おばあさん?」

「船を作ってるんだよ。……ああ羽をとじて、そう、いい子だ」

「船って海に浮いてるんでしょ?」

「空だって浮くさ。ほっほっ、私は空を飛ぶ船を作っているんだよ」

「ふうん、空飛ぶの……そしてどうするの?」

「北の方へ行こうと思ってな」

「え、北の方、僕も行きたかったんだ。ね、連れてって」

「ほっほっ、お前さんも行きたかったのかい。私はこのごろなんとなく行きたくなってね。ちょうど鳥たちが行くところだったたから、いっしょに連れてってもらおうと思ってさ」

「僕も作るの手伝うよ」

「そうかい、そうしてくれるかい。ほっほっ　でも二人も乗れるかな」

「僕　軽いから大丈夫さ」

「ほら、こうやってしっかり鳥の足を縛るんだよ。あばれるから、そっと……そうそう」

「このひもにぶらさがってくの?」

「ほっほっ　それじゃ手がだるくなるよ。北の方は遠いからね」

「遠いの？　すぐ行けないの？」

「鳥だしねえ。何日もかかるかも知れない」

「そんなに……でもやっぱり行ってみたいな」

「ほっほっ、そら、ひもの端はあの籠にくくりつけるのさ」

「ふうんそうか。でも鳥、間違えないで北の方行くかな」

「決して間違えないよ。鳥は星をよく知ってるからね」

「星、見て行くの？」

「そうだよ。星が教えてくれるのさ」

「あんなにたくさんあってわかんなくならない？」

「ほっほっ　よく見てごらん。星たちはただのばらばらじゃないんだよ。北の空のあそこはひしゃくみたいな形をしてるだろう。となりはお家みたいな形……そうやって　むすんでゆくとちゃんと物の形になるのさ」

「ふうん、じゃあれはお家なの。あそこに誰が住んでるの？」

「ほっほっ　あれはもっとたくさんつなげてゆくと牛の番人の姿になるのさ」

「じゃ、あのひしゃくは？」

「大きな熊のしっぽさ」

「なんで牛の番人が熊　飼ってるの？」

「牛が南へにげたんで　そのかわりだろうさ、　ほっほっ」

「あれ、星がだんだん　動いてく」

「そうさ、ぐるぐるまわってるんだよ」

「それじゃ、地面の切れたところにぶつかっちゃうね。そしたら新しく付けるの？」

「ほっほっほっ　あのむこうにもちゃんと地面がつながってるのさ」

「ふうん　じゃ海と同じだったの。どこまで行ったら終る？」

「どこまでも、どこまでもつながってるよ」

「どこまでも、どこまでも　行ったらどこ行くの？」

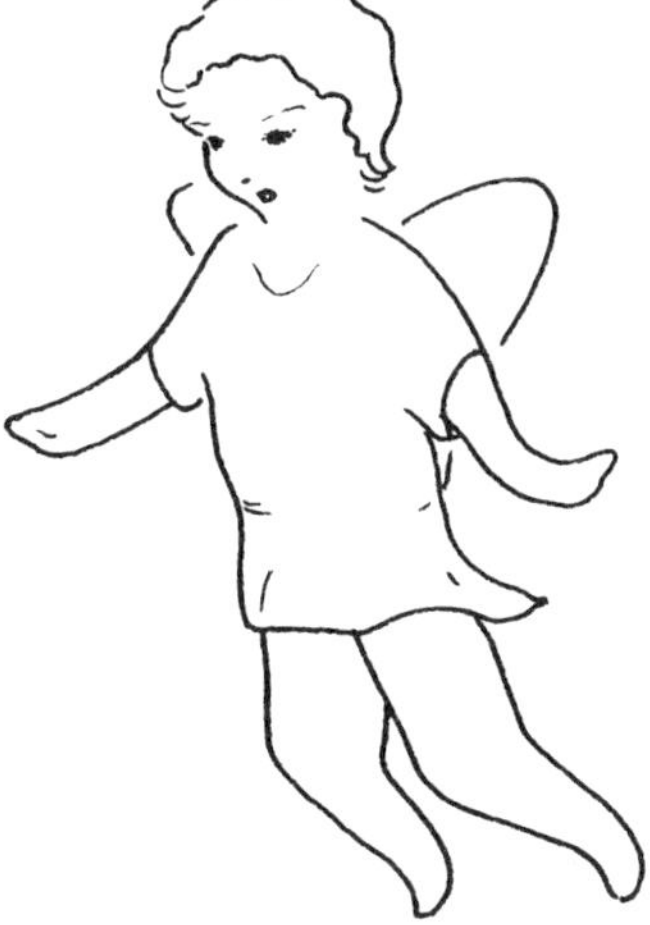

「又おんなじところへ来ちゃうのさ」
「どうして？」
「ほっほっ……そら出来上がった……どうしてってかい、それは北の方へ行くとき教えてあげるよ。おや、何か飛んで来るね。まだ一羽つけ忘れたかな」
「あれ、あれは……おおい！」

3

「なあんだ、こんなところにいたの。私あなたの部屋に行くところだったのよ。あのね　おじさんが今夜はお祝いの日だから誰か招待しなさいって言ったの。だからさそいに来たのよ」
「そうなの。でもなんのお祝い？」

「新しい星が生まれたの」

「星、生まれるの？　くっつけるもんじゃないの？」

「ほっほっ　星はとおいとおい所にあるんだよ」

「どれくらいとおい所？」

「とおい、とおいって百年も言うぐらいとおい所さ」

「ふうん……」

「そうだ、おばあさんもいっしょに招待するわ」

「ほっほっ　それはうれしいねえ。でも私はこれから旅に行くんだよ」

「すぐに行ってしまうの？」

「別に、すぐでなくても　いいのさ」

「じゃ　お祝いに行きましょう。さ

あ　二人とも私の手につかまって……」

「ちょっとまっておくれ。この船をためしてみたいんだけどねえ」

「そうだ、そうしよう。お祝いはどこでやるの？」

「あの丘の上だけど……」

「じゃ　すぐ近くだ。ね、おばあさん　三人乗れる？」

「どうだかねえ。ほっほっ　でもやってみようか」

「なあに？　船って」

「空を飛ぶ船なのさ、ほうら」

「ふうん、私も乗るの？」

「そうさ、ためしてみるんだもの」

「でも……私が乗るとみんな軽くなっちゃうんだけどな……」

三人を載せるとその船は軽々と（女の子が乗ったからあたり前ですが）浮き上がりました。

「あ、飛んだよ、すごい。三人もなのに」

「ほっほっ、うまくいったねえ。これなら行けそうだ」

「……でもなんだか遅いわね……」

4

「おじさん！」

「おやおや、変わったものに乗ってきたね」

「おばあさんが作ったの」

「ほう、これはようこそ」

「ありがとう。招待していただいて」

「おろしてあげましょう」

「ほっほっ　すみませんねえ」

「ね、おじさん。生まれた星どれなの？」

「ほうら、東の方を見てごらん。もっと上だよ。あそこに光ってるだろう」

「僕　どれだかわかんないや。みんなごちゃごちゃしてて」

「ほっほっ　形を結ぶんだよ。ちょっと暗い星たちだけどね。この指の方をみて。あそこ、あそこ……ね。水がめをもった人の姿なんだよ。ほらちょうど水がめから水が流れ出てるところによく光ってるだろう」

「あれがそうなの。水の中で生まれたの？」

「そうみたいだねえ」

「ねえ、ほら、おじさんが羊を連れてきたわ」

森の方からどんどん羊が出てきます。おじさんが先頭です。おや、森の動物たちまで　ぞろぞろついてきます。

「みんなつられて出てきちゃったみたいね」

「にぎやかになっていいよ」

でも動物たちが集まると風がおさまり　あたりが急に静かになりました。

「僕　こんな静かなお祝いだと思わなかった。もっと……」

「しっ、声が大きいわ。あら、おじさんがおばあさんを真中へ連れてく……。きっと主賓にするのね」

「シュヒンって　なぁに?」

「いちばんたいせつなお客さまのことよ」

二人がひそひそやってると、おじさんがこっちをじっと見たので　すぐやめました。すると　鹿が大きな水がめをつので支えながら歩み出ました。羊たちが　おじさんの合図で輪になってすわりました。みんないつのまにかグラスを持っています。

あんまり変な恰好なので二人は笑いをこらえるのにたいへんです。

でもおじさんにまた見つめられると、急になにかおごそかな気持ちになりました。

羊が一匹だけやって来て、二人にグラスをわたしました。葉のささやく音ひとつしません。

森の中の虫の羽音が聞こえてきそうです。でも虫さえ静かになっていました。

鹿が　まず　おばあさんのグラスを満たしました。次がおじさん、そして二人の子供たち、それから羊たちに……その間は鹿の足音しかしません。

おじさんが　おばあさんに何かささやきました。するとおばあさんはにっこりうなずきました。

鹿が動物たちのグラスを満たし終わると、みんなあの生まれたばかりの星を見上げました。

二人の子供もそれに倣いました。

今、動いているのは星だけです。あの星はしだいに高くなってゆきます。そしてだんだん青く光り出しました。他の星はちらちらとまたたいているのに　あの星だけしっかりと光っています。そしてとうとう　いちばん高いところにきました。

するとおばあさんがゆっくり立ち上がりました。みんなそれに倣います。子供たちも。

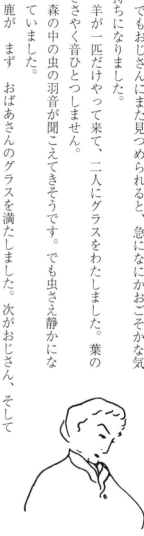

それからおばあさんは　青い星に向けてグラスを高く差し上げました。
また　みんなそれに倣うと　おばあさんは清んだ声で言いました。
「アクエリアスと　子供たちのために！」
グラスのかち合う音がすずしくひびきます。

するとみんながいっせいにグラスを合わせました。おじさんとおばあさんがそうしたのでした。子供たちもいっしょにグラスを合わせると、みんなのように一気に飲みました。

「おいしい水」

「ほんとね。あら、音楽が……歌声も、どこでやってるのかしら」

「空の方から聞こえる……」

「ワルツだわ」

暖い風が吹きはじめます。森の木がざわついて、虫たちも鳴いています。動物たちも体を動かしています。

「だんだんテンポが早くなってくわ」

「踊ろうよ。踊り方知らないけど、なんだか急に楽しくなってきたね」

「私が教えてあげる。こうして、こうして、こうして、そう、そう、そう、いいわ。その調子……どんどん早くなってくわ。もっと足を上げなくちゃ、そうよ、そう、もっと早く」

「うわあ、足をふみそう。早くなってく……」

「さあもっと早く動いて、そうそう、いい調子」

「あ、おばあさんも　おじさんと踊ってる。上手だねぇ」

「ほんと。私たちもまけずに、それっ」

動物たちもみんな音楽に合わせて　元気にくるくるまわっています。虫も歌っています。風さえもそうみたいです。星たちだけがゆっくりとめぐって行きます。

5

「僕踊ったのはじめて。見たこともなかった。それに　こんなに体動かしたのだってはじめて……」

「あら、あら、音楽が……」

「遠ざかってく……どうしたんだろ」

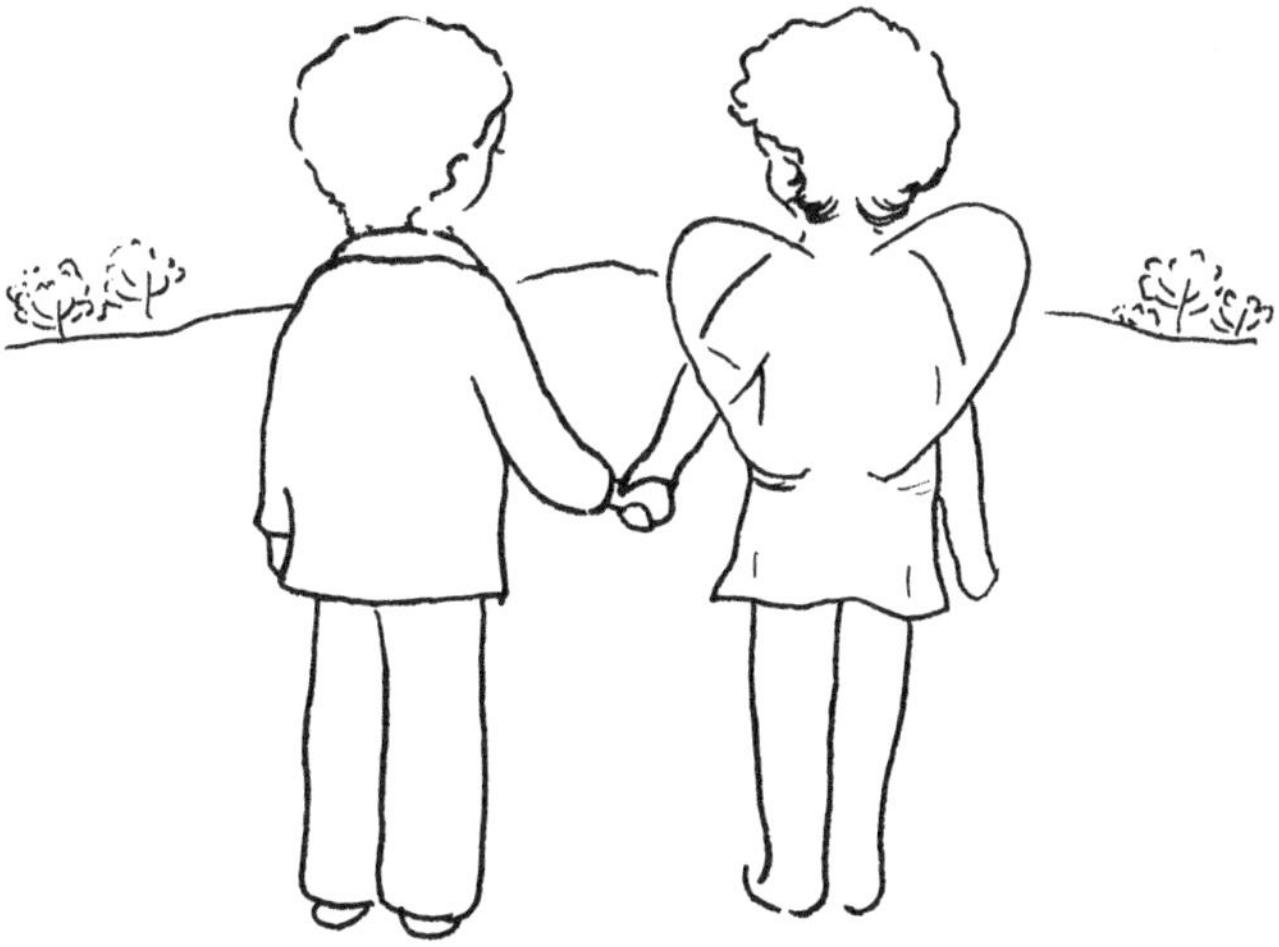

「終わったんだわ、お祝い」

「もう?」

「だって、ほら、水がめ座があんなに西へ……」

「ほんとだ。あ、おじさん」

「楽しかったかい? これでおしまいだよ」

「早いなあ」

「ほっほっ、楽しい時はなんだって早く感じられるものさ」

動物たちが森へ帰ってゆきます。

丘の上には四人しかいなくなりました。

森がざわめき、虫が鳴いているのにさっきのしんとした静けさより もっとしんとしている感じです。……今日の夕暮のときもこんな気持ち……鳥がいなくなって……そうだ、おばあさんの船でこれから行くんだ。北の方へ。

おばあさんはふいに手をたたきました。するとさっきのわたり鳥がやって来ました。

「さあ私は　北の方へ行かなくちゃ……」

「待って、おばあさん　僕も……」

そこまで言いかけたとき、おじさんの大きな手が肩に置かれました。

おばあさんがうなずいて　にっこりしました。

「私はひとりで行くからね。今夜は楽しかったよ。みんなありがとう。じゃさようなら」

三人はゆっくり遠ざかってゆくおばあさんに手をふりました。おばあさんも小さく手をふっています。船は北極星の方向へきちんと向いていました。北極星のまわりを星たちはあいかわらずゆっくりと回っています。

やがておばあさんも見えなくなりました。

6

朝です。その子は窓ガラスのがたがたいう音で目がさめました。

……きのうの夜はあんなに晴れてたのに……すっかり曇ってる……そうだ　おばあさん行っちゃったんだ……いや、あれは夢……ちょっと出てみよう。

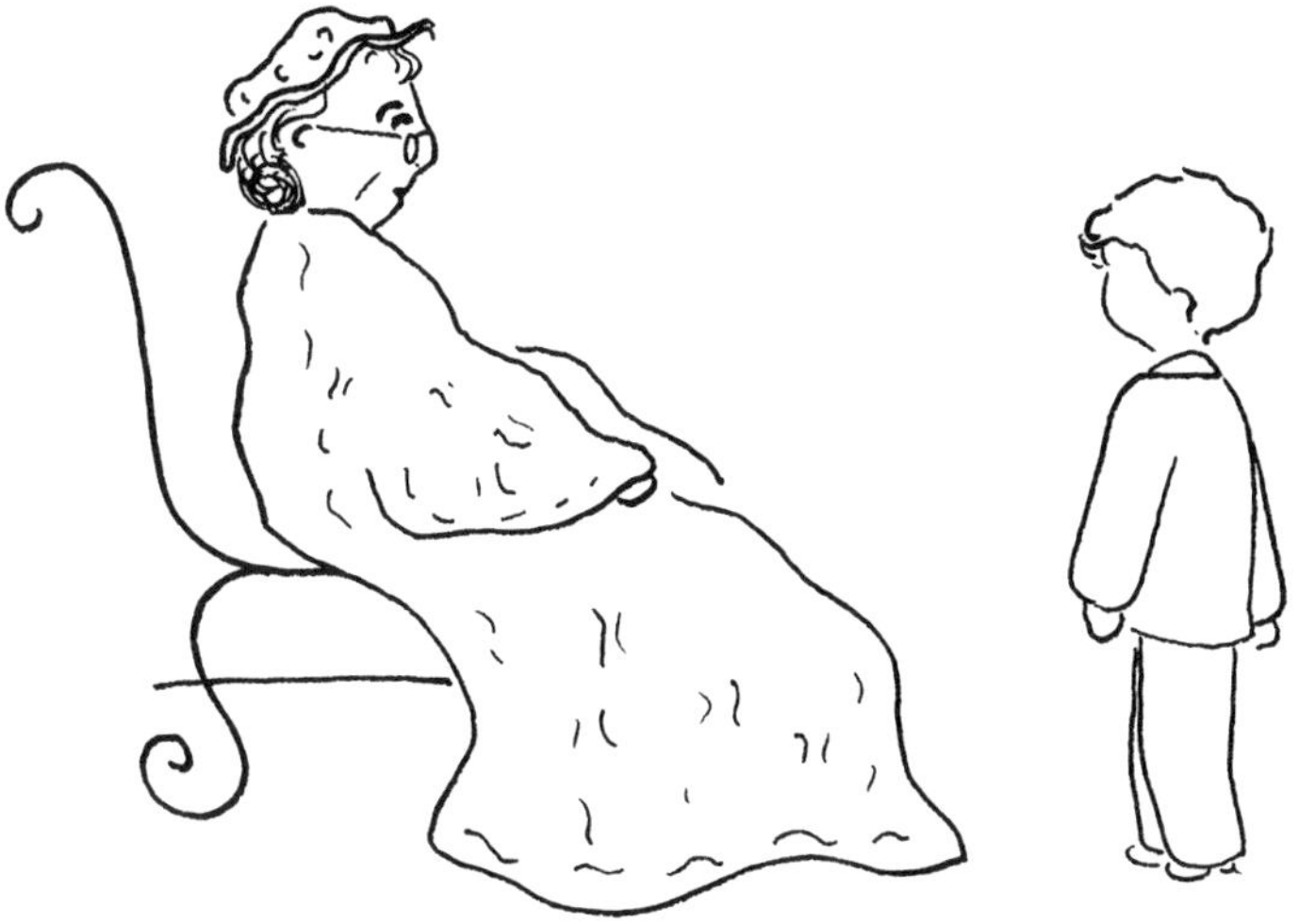

その子はお父さんに気づかれないようにそっと家を出ました。すると、あ、います。ちゃんとあそこにこしかけています。

「おばあさん……おばあさん！」

「おや　坊やはだれだい？」

「忘れちゃった？　ゆうべ船作ってさ、そして星のお祝いに行ったでしょ、ね」

「私はどこへもいきませんでしたよ。ねえ、坊や　きっと夢をみたんだよ」

「うん、それはわかってるの。だから夢でさ、ね」

「わからないねえ。きっと私のことを夢にでも見て、間違えてるんだよ、坊や。さ、そんな寝間着姿じゃ寒くなるよ。お家へお帰り」

「ほんとにおぼえてないの？　おばあさん。だって夢見たでしょ？」

「おやおや、困ったねえ。夢なんて　覚めちゃったら忘れてしまうものねえ……」

「変だなあ。じゃおじさん　覚えてる？」

「おじさんて誰のことだい？　坊やのおじさんかい？　私は知ってる人なんか誰もいないし、私のことだって誰も知らないんだよ」

「おばあさんには家族の人いないの？」

「もうみんなね、いなくなってしまったんだよ」

「死んじゃったの？」

「死んだ人もいるし、どこかへ行って、帰って来なくなった子もいるし」

「おばあさん、子供いたの？」

「いたけどねえ、家を出たっきり　どこにいるかわからないんだよ。……そういえば昨日はその子の夢を見たような気がするねえ。なんだかずいぶん大きくなって、私と踊ってくれたような……ほっほっ、こんなおばあさんが踊るだなんて、おかしいねえ、坊や」

「でも……」

「さあさ、もうお帰り。かぜをひいてしまうよ」

「……うん」

「さようなら、坊や」

「……うん、さよなら、おばあさん」

風が急ぎ足で駆けてゆきます。その子は玄関のところでも一度ふりむいてみました。でも　おばあさんはもういません。

……今度こそ北の方、行ったのかな……

風の鍵が雲のとびらをしめてゆきます。

Ⅳ　昼

1

雨が降っています。でも雲が空をおおっているので　夜にしてはぼんやり明るくなっています。その子は眠っています。机の上には計算帳やつづり帳が置いてあります。ほんの少しだけできるようになったのです。

……おや、僕　眠ってるのかな、起きてるのかな。あの子来ないから　まだ起きてるのかも知れない。それとも熱が出ないとあの子なかなか来てくれないのかな。僕ったら、かなっかなってばかり言ってる……でもほんとにどっちかな。たくさん星が出てる。雲がひとつもない……

「やあ、今夜は元気そうね」

「あ、君、ドアから来たの。窓から来るのかと思ってた」

「あんまり窓からばかりじゃ泥棒みたいでしょ。だから、ちょっと変えてみたのよ」

「おじさんはいそがしいの？」

「ええ、相変わらずよ。あなたが元気になってゆくとだんだんおじさんにも会えなくなるわね。おじさんは病気の子供たちで　いそがしいんだもの」

「そうなの。なんだか元気になるの　いやんなってきちゃった。も一度病気になりたいな」

「ばかね。元気だともっといろんな世界に行けるのよ」

「でも……元気になってくるのはうれしいんだけど、なんだか　さみしいような気もする」

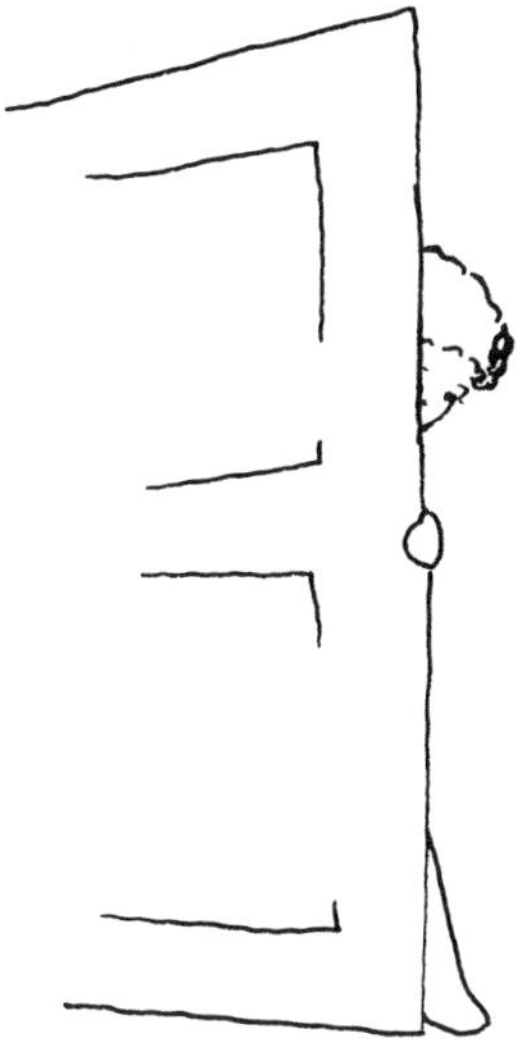

「そう？　私にはよくわかんないな」
「そうだ　君　ドアから来るとき、お父さんにみつからなかった？」
「大丈夫よ。私は軽いから足音なんかさせないもの。それにここは夢の中よ。あなたのお父さんの夢の世界はもっと遠くにあるのよ。つまり……今　あなたとお父さんとはずっと遠くに離ればなれになっているの」

「え、じゃ僕　毎晩ひとりぼっちで寝てたの？」

「さみしがりやね。夢の中でだけなんだもの。起きちゃえばもと通りよ。心配することないわ」

「でも　お父さん　今どこにいるんだろう」

「少なくともこの町じゃないわ。でもとんでもなく遠いところでもなさそう」

「はっきりわからないの？」

「私、大人のことはよくわからないのよ」

「でも　とんでもなく遠いところってどこのこと？」

「それはね、死の国よ」

「え、夢の世界にも死の国なんてところあるの」

「聞こえはわるいけどね。つまり思い出の国みたいなものなの。たとえば　死んだ人を思い出した夢なんか見る人が　そこへ行くのよ」

「じゃ　なんで思い出の国って言わないで、死の国なんて言うの？」

「それはね　あんまり　そこにばっかり行ってると　ほんとに死んでしまうからよ」

「でもお父さんは　そこには行ってないんだね？」

「そうらしいわ」

「よかった。でもほんとは　どこへ行ってるんだろ」

「そんなこといいじゃないの。大人は大人よ。今日はどこへ行こうかな」

「北の方へ一度行ってみたいな……おじさんは　そんなこと　もう考えるんじゃないって行ったけど」

「あたり前よ。そのむこうにさっきの国があるのよ」

「えっ……」

「あら　どうしたの？　急に黙っちゃって」

「やっぱり考えない方がいいんだね」

「うふ、こわい？　もっとも私だって……」

2

「ねえ、私　あなたの世界へ一度行ってみたいわ」

「僕の世界？」

「そうよ。昼の世界よ。私、太陽もみたことないし、ほんとの花も　青空も見たことないんだもの」

「でも君、夢の世界の子供だろ。どうやって行くの？　飛んで行けるの？」

「ほんとはね、夢の住人が昼の世界へ行ってはいけないの。だからこっそりとやらないと」

「もし見つかっちゃったらどうなるの？」

「どっか遠い国の門番かなんかにさせられるわ。私は子供だから　きっとその助手ね」

「助手ぐらいならたいしたことないね」

「とんでもない。もしほんとにそうなったら　もう自由にあちこち飛べなくなるし、あなたとも会えなくなるのよ」

「えっ　それじゃ　そんな危ないこと　よそうよ。昼の世界なんてつまらないよ。ただ太

陽の光が照ってるだけだよ。寒かったり、暑かったり、雨だって降ったりして、気持ちいいところじゃない」

「寒かったり　暑かったり？　おもしろいわ。それに雨って何？」

「雨、知らないの？　雨の夢　見る人いないの？　空からしずくがたくさんおちてくるんだよ」

「あ、小さい子がよく見るあれ？　でもたいしたことないわね。たった一つしか水たまりができないんですもの。水遊びもできやしないわ」

「そんな小さな雨なの？　ほんとの雨は町中降るよ。そして山や海をこえてったり　強い風がふいたり……」

「あら　そんなにすごいの？　行きたいな」

「困っちゃうなあ」

「ね、行きましょう。さ、手につかまって……」

「うわ　だめだよ、だめだったら」

「……もう空の上よ。手をはなしたら落っこっちゃうわよ。とにかく東の方へ行くの。そしたら門番がいるからうまくすきをみて　出ちゃうのよ。いい？」

3

東の空が赤くなってきました。

「ずいぶん飛んだね。あ、夜明けだ」

「ちょっとまって。そこの木の陰にかくれましょう。門番が来るわ」

「門番って夜明けといっしょに歩いてるの？　たいへんな仕事だね」

「ほら　来たわよ」

「馬に乗ってる……それにずいぶん太ってるね。あ、犬もいるよ」

「え、犬もいるの？　困ったわ。かぎつけられるかも知れない」

「空へ逃げたら？」

「だめ、あの馬　空も飛べるのよ」

「へえ、ペガサスみたいだ……あっ　こっちへ来る。犬が走って来た」

「だめだわ。やっぱり逃げなきゃ。手つかまって、はやく。そらっ」

「手がもげちゃう、そんなにひっぱらないで。あ、向こうも飛んだ……すごく早いや。夢の中ってよく追いかけっこするね」

「あなたは人間だからそんなのんきなこと言ってるけど、私がつかまると……」

「ああ、ごめんね。でもだめだ……追いつかれちゃうよ。うわっ……だいじょうぶ？」

「羽が……」

「やられたの？　落ちちゃうよ。大変だ」

ところがそのとき門番は二人を空中でうまく抱きとめました。そしてゆっくり地上に降りると、夜明けとともに馬を進めました。

「おい、お前たち、何をしてたんだ」

「……あの……その、僕たち、西へ行くのに間に合わなかっただけなの」

「嘘をつくな。木の陰にかくれていたではないか」

「……あの……だって　急に追いかけて来たから……ねえ君、あ、気絶しちゃってる」

「ほんとうは夢の国からぬけ出そうとしたんじゃないのか、え？　そうだろう。おや、お

前　人間の子供じゃないのか?」

「そうだよ」

「じゃ　お前は関係ない。さっさと家へ帰りな。用があるのはこっちの子供だ」

「あっ、待って。ほんとに間に合わなかっただけなんだよ。僕がその子をむりやり引き止めちゃったから遅れたんだ。嘘じゃないってば」

「嘘をつく時は　誰でもまじめな顔をするからな」

「それにさ、この子、けがしてるんだ。だから見のがしてよ、ねえ。それに、ほんの子供だし、女の子なんだよ」

「ふん、どうするかな……けがと言ったって羽だけだ。一日でなおっちまう」

「じゃ　一日だけでも　見のがしてよ。明日の夜明けにはちゃんとここにいるからさ……それも信じてくれないの?」

「……よし一日だけ見のがしてやる。そのかわり明日はその子を連れてゆくぞ」

「やっぱり連れてくの?」

「あたり前だ。なんだか信用できんな、この子供は……おい、お前が大事にしているものを俺に預けろ。そしてお前たちがほんとうに明日の明け方ここにいるなら、その時　返してやろう」

「うん、わかったよ、ほら、そこが僕の家だ。ちょっと待ってて」

その子は急いで階段をかけのぼりました。……でも大事にしてるものって何かな。あ、そうだ……その子はそれをとり出すと　またいちもくさんに階段を降りてゆきました。

「おう、持って来たか。よし、じゃ　明日の夜明けを忘れるなよ」

「うん、ありがとう」

4

門番は二人を馬から降ろし、去って行きました。すると太陽が昇りました。

「ああ、地面があんなに光ってる。夜中は雨が降ってたんだ。夢の中じゃ晴れてたのに……あっそうだ、君、大丈夫かい。……困ったなあ、たおれたっきりだ。羽がめちゃめちゃ……これでも一日でなおるのかな。水を少しかけてやろう。雨水だけど、これしかないんだ……気が付いた？　どう……大丈夫？」

「……あら？　ここどこ、ひどくまぶしい……」

「昼の世界だよ」

「それじゃうまく出られたのね。門番どうしたの？」

「う、うん。行っちゃったから大丈夫だよ。それより　どこか痛む？」

「羽のつけねが……でも羽って　こわれても一日でなおるのよ」

「ふうん、やっぱりそうなの」

「やっぱりって、どうして知ってるの？」

「いや、なんとなくそう思っただけさ。立てるかい？　寝たままだと羽がつぶれちゃうよ」

「そうね。……あら、あのすごく光ってるの何？」

「あれ？　太陽だよ」

「まっすぐ見ていられないわ。それに大きなもの浮かんでるけどあれは？」

「雲だよ。あれが雨を降らせるんだ。ほらたくさん水たまりがあるだろ」

「うわあ、素敵だわ。みんな光ってる。夜明けのむこうっ

てこんなにすばらしいのね。でも、飛べなくって残念だわ」

「飛べない方がいいよ。みんなびっくりしちゃう」

「そうね。ああすごく寒いわ……」

「そういえば君、そんなうすっぺらな服じゃかぜひいちゃうよ。僕の部屋においでよ」

5

「変な服でごめんね。女の子の服なんてないんだ」

「いいわよ。何でもめずらしいもの」

「羽、大丈夫?」

「この方がいいの。暖かくして　伸ばしておく方が」

「アイロンかけてるようなもんだね。でも、その恰好じゃ外に出られないなあ……あ、お父さんが来たみたいだ。君かくれて。ベッドの下……そうそう……」

「やあ、もう起きたのかい。気分はどうだい?」

「うん、とってもいいよ」

「お父さん、仕事に行かなくちゃならないからね。さみしいだろうが……そうだ、今日は天気が好いから公園にでも行っておいで。無理をしないでな。戸じまりを忘れるんじゃないぞ。じゃ行ってくるよ」

「行ってらっしゃい、お父さん」

　階段のきしむ音。しばらくして玄関の戸がしまりました。

「もう出てきていいよ。今日、公園行ってもいいんだってさ。あ、君はだめか……そうだ、ね、君、男の子のふりをしなよ。そしたらだれも変に思わないよ」

「おもしろいわ。でも髪はどうする?」

「僕の帽子　かしてあげるよ。さあ、鏡を見てごらん」

「変なの。おかしなかっこう」

「顔を見るとやっぱり女の子だね。歩き方も」

「仕方ないわ。ひげでもつける？」

6

「今日は日曜日じゃないから公園に人はあまりいないよ。でも人に出会ったら　なるべくうつむいてね。そしてストンストンって感じで歩くんだ。男の子みたいに」

「きゅうくつね。あ、あれが公園？　素敵だわ……生きてる木があんなに光ってる。うわあ、花よ。ねえ、こんなに咲いてるなんて夢みたい」

「夢の子が　夢みたいなんて言うの？　あ、だめだよ、入っちゃ。花、折っちゃうよ」

「そっと入るから大丈夫。花だって喜んでるみたい。少し連れて行こう」

「だめだめ、そんなことしたら花が死んじゃうよ」

「死んでしまうの？」

「そうさ。土や水や、光だってなくちゃ」

「じゃあ、夢の国まで来られないわね……」

「ね、それより噴水のところへ行かない？　ドラゴンやっつけた池もあるよ」

「ええ、行きましょう。何でもすばらしいわ。……あら、光のしずく」

「水だよ」

「水があんなふうに光るなんて知らなかった……このぼんやりしたものは何？」

「虹だよ」

「あら、つかめないわ」

「そうさ、虹は光だもの」

「光が止まって浮いてるの？不思議ね。あ、あそこに男の子が立ってる。何も着ないで寒くないのかしら」

「あれ石でできた像だよ」

「ふうん、ねえ追いかけっこしない？　なんだか嬉しくて町中走りまわりたいぐらい」

「僕が逃げるからつかまえてごらん」

「ようし、いくわよ……」

「あれ、飛ぶのはうまいけど、走るのはへただねえ」

「言ったわね。そらっ」

「おっと、ほらこっちだよ。あっ……」

「あ、どうしたの？」

「胸が急に苦しくなっ……」

「誰か呼ばなきゃ……」

「いいの……少し休めばよくなるから」

「急に走ったのがいけなかったのね。私あなたが病気だってことすっかり忘れてたわ。自分のことばっかり考えてて……ごめんなさい。まだ苦しい？」

「うん……少し……でもおかしいな……走るぐらいもうなんともなかったのに……」

「……ねえ、あなた　あの流れ星ちゃんと持ってて？」

「……ううん……ちょっと人に預けたの」

「預けたですって？　誰に？　早く返してもらわなくちゃ　あなた　また熱出ちゃうわ。そして　もしかしたら……ね、誰に預けたの？」

「門番……」

「門番?……門番って　あの夜明けの門の門番のこと?」

「……うん。だってあのまま連れてくって言うから　一日だけ見のがしてくれるようにわたしたんだよ」

「じゃほんとは私もう　つかまってたの?」

「そうなの……自由なのは今日一日だけなんだ。ごめんね、ほんとは君、夢の国へ帰ってもつかまえられちゃうんだ。うまく説得できなかったんだよ」

「何言ってるの、悪いのは私だわ。あなたは自分の命を預けちゃったのよ。私がそうさせたんだわ」

「ちがうよ。ただそうなっちゃっただけなんだ」

「立てる?　さ、家に帰りましょう。ごめんなさいね」

7

ああひどい熱。いまからこれじゃ　困ったわ。あら玄関が……きっとお父さんだ。はやく知らせなきゃ……

「おじさん！　早く上がって来て下さい！」

そうだ　私かくれないと。ベッドの下……

「誰だい？　今呼んだのは。あ　君かい。出てきたまえ。かくれなくたっていいじゃないか。友だちかい？　そんなにうつむかんでもいいよ」

「熱がひどいの。はやくお医者さん呼んで」

「おや、君　女の子じゃないか。どうしてそんな服……」

「それより　早く！　お医者さん……」
「え？　あっ！　また　熱を出したのか、この子。や、ひどい熱だ。どうしたんだ……とにかく医者を呼んで来るから　この子のそばにいてくれ」

……どうしよう……ああやっと日が暮れるわ。夢の国が近い……そうだ　あの流れ星　とり返さなくちゃ。早く太陽が沈むといいのに……夕暮れって素敵なのね……昼の世界ってみんなすばらしい……でも　もう二度と来られない……太陽が沈む……羽はまだよくなっていないけど　なんとか飛べるわ。玄関で音がする。きっとお医者さん来たのね。それじゃ私、早く行かないと……

階段をお父さんとお医者さんがかけのぼって来ます。お医者さんはすぐその子の様子を調べます。

「どうですか？」

「なぜこんなことになったんです？　あんなに元気になったのに」

「それがよくわからんのです。友だちができたようで……きっとその子とむちゃをしたんでしょう。そう言えば　あの子どこへ……」

「お父さん、ちょっとこちらへ」

お医者さんとお父さんは廊下へ出ます。二人ともむずかしい顔つきになっています。

8

「ね、おねがいだから返して下さい」

「だめだな。あの子供が自分で取りに来ればいい。もともとあの子供が悪いんだからな」

「どうしてよ」

「自分で言ったんだぞ。お前が西へ帰るのを引きとめたのは自分だとな」

「そんな……嘘よ、それは。私をかばうために言ったんだわ。昼の世界に行きたかったのは私なの。それをあの子があぶないからって止めたのをむりやり連れて来ちゃったのよ」

「何？　いったいどっちが本当の事を言っとるんだ。どっちもまじめな顔で言ってるが……」

「もうあの子危ないのよ。夢もすごく混乱してるわ」

「だが　あの時はそんなひどい病気には見えなかったぞ」

「あの流れ星のおかげよ。ね、どうせ私つかまるんでしょ。今すぐつかまえていいから

あの子は助けてやって」
「あの子供はそんなにひどいのか？……そうか。それじゃ俺に命を預けたってわけだな……おい、お前、どうした、また気絶したのか。よくたおれるやつだ。おっ、羽がめちゃめちゃじゃないか。むりやり飛んで来たんだな。……お前たち、二人ともばかなやつだ……」

9

おや、どっちなんだろ、これ……夢なの……誰、そこにいるの？　あっ、おじさん。

じゃここは夢の世界だね。

「君たち大変だったね。ほら、流れ星だよ」

「え？　でもまだ夜明けじゃないでしょ。どうして門番が……」

「君は死にそうだったんだよ。だから門番が返してくれたのさ」

「じゃ、あの子、つかまっちゃったの？」

「いや、つかまらなかった。許してくれたんだよ」

「あの門番、こわい顔してるけど、ほんとはやさしい人なんだね」

「いつもいつも　あんな役目じゃ　こわい顔にもなるさ。あの門番は昔、悪いことをしたんだよ」

「悪いことしたら、どこかの門番にさせられるってあの子から聞いたよ。どんな悪いことしたの？」

「あの子と同じことをさ。昼の世界へ行ってみようとしたんだよ」

「だからあの子の気持もわかって、許してくれたんだね」

「さあ、ただそれだけじゃないみたいだったよ」

「どういうこと？」

「さあね、あんまり長い間　誰とも会わないでいると　いろんな大切なことを忘れてしまうものなんだ。きっと何か思い出したんだろうさ。それより元気になったら　あの子のところへ行ってやりなさい。また　羽をいためちゃったんだよ」

「え、また？　なおるのにどのくらいかかるの？」

「今度はちょっとひどくてね。君たちの時間で言えば一週間ぐらいかな」

「そんなに……」

「私たちの時間じゃほんのちょっとなんだけれどねえ。さ、もう少し眠りなさい」

「眠るって……僕、眠ってるんじゃないの？」

「夢を見ないでよく休むってことだよ。さあ目を閉じてごらん。そしたらすぐに気持よくなるからね……」

10

また、起きてしまったみたいです。せっかくよく休もうとしてたのに……おじさんが椅子にこしかけてるみたいです。

「おじさん！」

でも、こっちを向いた顔はお父さんでした。

「おや、起きたのかい？　突然大きな声を出して……夢でうなされたかな」

そう言いながら、お父さんは　その子のひたいに手を当てました。

「ああ、熱が引いたね。看護婦さん！　来て下さい……」

おや、ここどこだろ……病院の中みたい……すぐに看護婦さんが来ました。

「熱が下がったようです」

「わかりました。すぐに先生をお呼びします」

白い小さな病室。寝台にはごちゃごちゃした機械がいっぱいついています。

「さっき、なんだかおじさん、いおじさんって言ったような気がするが……又おじさんの夢を見たのかい？」

「うん……」

「そうか……」

お父さんはちょっと言葉を切ってから　またききました。

「あの女の子と友だちになったのかい？」

「女の子って？」

「お前の部屋にいた子さ。それとも友だちじゃないのかい？」

「うぅん、友だちなんだけど……」

どう説明していいのかわかりません。

「ん？　どうしたんだい？　あの子、悪いことしたと思って行ってしまったみたいだけれど……でもやっと友だちができたんだね？」

「……あの子ほんとは夢の中の子供なの。だからね、昼に来られないのを……」

でもそれ以上は言えません。だって、お父さんはとても心配そうな顔をしたからです。

「あ、先生、熱は下がったようなんですが……」

「そのようですね。しかしなんだか不思議なくらい早く……」

「先生、ちょっと……」

お父さんはお医者さんを廊下の方へ連れて行きました。

その間に、その子は注射を打ってもらいました。栄養をつけるのと、もっと眠れるのと。

半ば眠りかけていると、お父さんの声が聞こえました。

「元気になったら、どこかへいっしょに行こう……」

Ⅴ　時計

1

　やっと家に帰ることができました。……病室って薬くさいし、それにお医者さんや看護婦さんの服もなんだかいやだな。やっぱり自分の部屋がいちばんいい……

　おや、誰か窓を叩いています。その子は急いでカーテンを開けて見ました。するとそこには白くて大きな馬が翼をゆっくり動かしな

がら、浮かんでいます。そして小柄な人がちょっと背を丸めるようにして乗っかっています。びっくりして窓をおそるおそる開けてみると……

「あー、すまんが、ちょっとたのみがあってな」

その人は白い小さなひげをつけた顔をこちらにじっと向けてそう言いました。めがねごしに目がしきりにまたたいています。きっとくせなのでしょう。

「あの……おじさんは誰？」

門番みたいに恐そうでもないので、思いきって聞いてみました。

「あむ、わしは、ほら、この服

を見りゃわかるだろう。医者だよ」

「でも……僕　もうよくなったのに……また　病院行くの？」

「あん？　何のことだ？　君がたとえ病気だとしても　わしにはぜったいになおせんよ」

「だって、お医者さんなんでしょ？」

「そりゃそうだが　人間の子供はわしの専門じゃなくてな。とにかくわしはひどく急いどる。手短かに話すから……」

「手みじかってなあに？　手　みじかくするの？」

「手みじかってのはな……あむ、いいんだ、どうでも。あの子が会いたがっとるから早く行ってやってくれ。ぐずってしようがないんだ。いいね。それじゃ……」

「待って。どこ行ったらいいの？」

「そうだ、そう……森の中、白い花が目あてだ。夜しか咲かんからすぐわかる。いいか、まっすぐ入って行くんだぞ。夜の森はあぶないから……ああっ」

風が帽子を飛ばしたのです。

「なんてこった。今夜はまわり道ばっかり

させられる。おい、まってくれ、おいっ……」

……もう行っちゃった。でもきれいな馬だな。遠くからでも光ってる。あんなのに乗ってみたいなあ、それより　あの子のとこに行かなきゃ……

大いそぎでその子は家を出ます。静かに出る必要はありません。どうせお父さんは別の世界にいるんですから。外は暖い風が気持よく吹いています。

2

いったん森に入ってしまうと、

なんだかすごく静かです。

……気味が悪いな。白い花　なかなかみつからないし……

「おおい！　君　どこにいるの！」

声は闇の中へすい込まれてゆくだけ。自分の声さえ不気味に聞こえます。

……まっすぐって言ったのに遠いなぁ。おや、あそこ、きっと白い花だ。でも、あそこじゃまっすぐでなくなっちゃう……まぁいいや。あんまりあの人あわててたから　まちがえたんだ、きっと……あれぇ、これ泉だ。泉が光って白く見えたんだ。でもこの森にこんな小さな泉があったなんて……うわっものすごく冷たいや。これじゃ魚だって住めない。そのかわり　とてもきれいな水……底の方まで見えそうだ。

……でも暗くて……見えないな……あ、なんか昇ってきた。何だろ、生き物かな、こわいものだったらいやだな。かくれちゃおう……

「おい、待て」

遅すぎました。低くて太い声です。

「お前、何故さっきからおれ様をじろじろ見やがった」

こわごわうしろをふり向くと……

何だか風船のおばけみたいなやつです。大きな目と口が真中に一つずつ、でもたくさん頭がついています。

「おい！　何とか言え。言わないと……」

「あ……あのね、おれ様なんているの知らなかったんだ……」

「何？　どうもおれ様をばかにしてるようだな」

「うぅん、ほんとに知らなかったんだよ。ただのぞいてただけなんだ。でも、暗くておれ様は見えなかったよ」

「おれ様の前でおれ様などと言われたのははじめてだ。いまいましい、おれ様はいばるやつが大嫌いなんだ」

「僕も　嫌いだよ」

「なんだとこいつ。くそっ、おれ様はほんとに頭にきた。ただじゃ帰さ……」

「えっ　おれ様って人、わざわざ頭に来たの？　誰の頭？　まさか僕の頭に……よかった。いないや。そしたら君の頭にいるんだよ、きっと。でも……どれかな？　たくさんあってわかんない……」

「なんだか変なやつだな、こいつは……」

「どうしたの？　さっきまであんなに大きな声してたのに……あぁ、ほんとに頭にのっかられたんだね？　おれ様って人に　そこどいてって　たのんであげようか？」

「変どころか、うす気味のわるいやつだぞ、こいつ……」

「どうして後ろにさがっちゃうの？」

「おい、お前、とっとと　消えちまえ！」

「そうだ、そうだ、消えてしまえ！」

「何？　おまえ今　おれ様に何て言った？」

「消えてしまえって。だっておれ様に消えてもらわないと気が狂っちゃうかも知れないよ。ずうっと頭の上になんか乗っかられたら誰だって……」

「うるさい！　もういい。なんだかほんとに気味のわるいやつだな……」

「あれ、帰っちゃうの？　だめだよ。おれ様っての取らなきゃ……」

「ブクブク」

「あぁ、もう水ん中に入っちゃった。かわ

いそうに」

3

しばらく歩くと、ようやく白い花が見えてきました。

……やっぱり　まっすぐでよかったんだ。

「おおい！」

「あ、やっと来てくれたのね。私たいくつでしょうがなかったの。でもひとりで恐くなかった？　なんだか変な顔して……きっと恐かったんでしょ」

「ううん、それが……」

「ふぅ、いいのよ、言訳しなくても。それよりさっきお医者さんきて……」

「お医者さん？　じゃさっきの人やっぱ

り……」

「そうよ。おじさんはいそがしいから　かわりに行ってもらったの」

「夢の国にもお医者さんいたの」

「当り前よ。えらい学者や学校の先生だっているわ」

「学校もあるの？」

「ええ、行きたい人だけ行けばいいの。いろんな所へ連れてってくれるわ。とてもおもしろいのよ」

「何にも教えてくれないの？」

「わざわざ教えなくても、いろんな所へ行けば自然にわかっちゃうわ。でも先生がたまにお話ししてくれるの」

「ピクニックみたい」

「そうね、昼の世界の学校とはかなり違うみたい。教室も黒板も……つまり建物自体がないんですもの」

「ふうん、だけどお医者さんは　ここでもやっぱり白い服着てるね。馬も白く光ってたし」

「ええ、遠くからでもわかりやすいもの」

「……君、けがしてるから今夜はどこにも行けないね。いつも僕が病気のときどっか連れてってくれたけど、僕はどこへも連れてってやれないな……」

「いいのよ、そんなこと。でも森の中って夜になるとおもしろいところがたくさんあるの。私、ほんとは動いちゃだめなんだけど、ちょっとだけ行ってみましょうか」

「でも、大丈夫?」

「ほら、ちゃんと包帯してあるもの」

「だけど、あのお医者さん、夜の森は危いって言ってたよ」

「ふふ……」

「あの……恐がってるんじゃなくてさ。君の羽が……」

「いいから、そっと歩けば大丈夫」

4

「近いけど、そこ　とってもおもしろいの。でもほんとはね……とっても恐いところなのよ」

「いやだよ。そんな……」

「うふ、弱虫ね。あなたの方が動けなくなったんじゃない?」

「い、いや、行くよ。おもしろそうだから……」

「じゃ、止まらずに……」

「……あぁあ、今夜ってよく変なことにばかりなっちゃう……」

「何て言ったの?」

「……早く行こうって。でも森の中、迷わない?」

「そりゃ夜になると　おっそろしくややこしくなるけど、私は慣れちゃってるもの」

「ややこしくって、道が?」

「道だけじゃなくて　まあいいわ、今にわかるから」

「何だかほんとに歩けなくなってきたみたい……ねえ、ちょっと休まない？　疲れたでしょ？」

「いいえ」

「あの……僕の方が少し疲れたんだけど」

「嘘。夢の中じゃ疲れないはずよ」

「困っちゃったな……うわっ」

「どうしたの？」

「何でもない、木に　ぶつかりそうになったんだ」

「巨人だと思ったんじゃない？」

「そんなの　この辺にいるの？」

「いないのが不思議なくらいよ。さ、進め！」

5

「ここよ」

「何もいないね。よかった……」

「これから呼ぶのよ。さ、こっちへ来て、あなただけ木の陰にかくれるの。あいつ　興奮するといけないから。手をはなしちゃだめよ、ぜったい。いい？」

「まさか　またドラゴ……」

「目を開けなさいっ。何も見えないじゃないの。あそこを見るのよ。そっとね」

「……おや、あれ……」

「おーい、出て来ーい。風船のお化け、やーい」

「あ、泉が……」

「さあ、出てくるわよ。体をもっとかくして。ほら出た」

「なんだ、あんたか。またからかいに来たのかい」

「そうじゃないの。今夜は見物に来ただけ」

「見物？　おれ様をか」

「そうよ」

「またからかうのか、よしてくれ……お、人間のにおいがする……」

「気のせいよ」

「いや確かにいる。おれ様は目は一つだが鼻はたくさんあるんでね。これは確かに……」

「感づかれちゃった。にげた方がいいわ。あっだめよ　手をはなしちゃ、あわてないで……あぁっ、食べられちゃう」

「あぁっ　お前は……」

「ねえ、おれ様　取ってあげるよ」

「うわっ、じょうだんじゃねえ……ドブン」

「ねえ、待ってよ、取ってやるからさ、ねえ」

「ブクブク」

「あーあ、驚いた。食べられちゃうかと思った。どうし

たのかな、あいつ。あなたを見ただけで逃げちゃうなんて」

「君が言ってたこわいのって　あれ？」

「え？　えぇ……そのはずだったんだけど……」

「いまのとってもかわいそうなんだよ。病気になるかも知れないんだ」

「ほんと……そうみたいだわ……」

6

「誰か来たわ。あら……」

「おいこら、ここはだめだと言ったろうに、まったく……」

「あ、さっきのお医者さん……」

「ごめんなさい。ちょっと散歩に来ただけなの」

「ここは子供が入ってはいかん

所だと　あれほど注意したのに。おまけに人間の子供まで連れて来おって……」

「でも、ここにも看てもらいたい人……人でいいのかな……いるんだけど」

「そりゃ　ちゃんといるさ。何を言っとる。あぁ、ほら、包帯がずれちまっている」

「そうじゃなくて、泉の中……」

「いいから早く乗んなさい、二人とも」

「え、乗っていいの？　乗りたかったんだ。ペガサスみたいな馬……ねぇ、ついでに町の上一回りしてよ」

「ばかな、何を言っとる。わしはとっても忙しいんじゃ。おまけに　また包帯をまきなおさにゃならんとは……さあ、行くぞ。しっかりつかまっとれ」

7

「いいか、二度と動いちゃいかんぞ」

お医者さんはひとさし指をきりりと立てておどかしました。

「あっ　こら　馬にさわっちゃいかん」

「でも　どうしてこんなに光るのかと思って……」

「そんなことは学者に聞け。さ、急がにゃ……」

「学者って人、どうして光るか知ってるの？」

「さあね、聞いてみなくちゃわからん。とにかく急……」

「ね、その人どこにいるの？」

「会議でみんな南の方へ行っとる。とにかく……」

「カイギって何？」

「みんなでさわぐことだ。とに……」

「何でさわいでるの？　あ、……行っちゃった。早く飛ぶなあ。もっと乗りたかったのに……君もう動いちゃいけないなんて、熱出した僕みたいになっちゃったね」

「ええ、残念だわ」

「その気持よくわかるよ。でも、どうしてあのお医者さん　あんなに忙しいの？　夢の世界の人でも、そんなに病気するの？」

「病気はあまりしないけど、けががすごく多いの。みんなよく飛ぶから。それにそれだけじゃないのよ。あのお医者さん、動けない人を夜明けになる前に西の方へ連れてかなくちゃならないの」

「ふうん、じゃまたすぐ君のとこへ来るの？」

「そうよ」

「ほんとに忙しいんだね……あれ、もう来たよ。まだ夜明けじゃないのに」

「どうしたのかしら」

「……あぁ　急がにゃ。忘れものをしたんだ。いっしょにさがしてくれ」

「何を？」

「時計じゃ……そっちの方に　ないか？急がにゃ……」

「夢の国にも時計あるの？　見せて」

「だからさがせと言っとるに……花の中には　ない、と……どこじゃ、まったく……あん、あった！　誰じゃ、馬のしっぽに結びつけたのは！」

「だって、それかざりかと思って……」

「なんと……まあいい。急がにゃ……」

「ね、ちょっと見せて」

「だめっ……」

「……また行っちゃった。でも　もう一度来るんでしょ、あのお医者さん」

「ええ……かわいそうに、お医者さん、とんでもなく忙しくなっちゃったわよ」

「たったあれだけのことで？」

「もちろんよ。私、お医者さんの時計ちょっと見たことあるけど、たくさん針がついててね、みんな早くぐるぐる回ってるの。きっとあれに合わせて行ったり来たりしてるんだわ」

「でも夢の国ってすこし前だとかちょっと前だとかって　もっと簡単じゃなかった？」

「人によって違うのよ。たいていの人は簡単なので用が足りるけど、お医者さんぐらいになるとねえ……」

「ふうん。もう一度来たら見せてもらおうと思ったんだけどな」

「とても無理よ。きっと、今度は人さらいみたいにす早く私を連れてっちゃうでしょうね」

8

「あのね、僕のお父さん、今度仕事で　しばらくよその町へ行くんだけど、僕が元気でいたら連れてってくれるんだって」

「ふうん、どこへ行くの？」

「南の方の町なんだ。お医者さんもね、南の方は温いから身体にもいいって言ってたよ」

「そう、よかったわね」

「夢の中でならどこででも会えるんでしょ？」

「……だめみたい。だって、包帯とれるようになっても、あまり遠くまで飛べないもの……」

「そうなの。いっしょに来れるといいのに……」

「いいのよ。私、しばらく学校に行ってるわ」

「そう……」

「あら、またお医者さん……夜明けだわ。それじゃ、しばらく会えないわね」

「……うん、元気でね」
「あなたの方こそ……じゃ、さようなら」
「さようなら」

9

「あの……僕、南の方へ行けそう?」

「どれどれ……うん、だいじょうぶだ。ちゃんと行けるよ」

「よかった。……あの……お医者さん、時計持ってる?」

「あぁ、持ってるけど?」

「見せてくれる?」

「ほら、これだよ」

「針が三つ……一つだけ早くまわってる

ね」

「そうだね」

「やっぱり昼のお医者さんも忙しいんだね」

「ほぅほぅ、でも夜だって忙しいさ」

「うん、僕　知ってるよ」

「そうか」

二人はにっこり見つめ合いました。

VI 海

1

「少し疲れたかい？」

「うん、ほんのちょっと」

「そうか、じゃ　あの辺に腰かけよう。見はらしがいいぞ」

その子とお父さんは、小高い丘の中腹に腰をおろしました。草はあまりなく、白い岩がところどころつき出ています。暖い風が絶え間なく吹いて来ます。

「どうだい？　南の方へ来ると気持がいいだろう」

「うん、夢の中にいるみたい」

「そうか、そんなに気持ちがいいなら、しょっちゅう来てもいいな」

お父さんは風で帽子が飛ばされそうになるのを手でおさえました。

「ほこりがひどくなってきた。やはり　降りてしまった方がいいな」

二人はまた　ゆっくり丘を降ります。ふもとは草地なので、低い木を見つけて、その陰にすわりました。丘の上から見えていた海はもう見えなくなりました。風もさっきの場所より強くありません。

「海は初めてだったな。今日は風

が強いから明日連れて行ってやろう」

「僕、海へ行ったことあるよ」

「ん？　しかし……」

「ずっと前、おじさんが連れてってくれたの」

お父さんは少しうつむきました。うなずいたのかも知れません。

「お前は　今でもおじさんの夢を見るのかい？」

「……うぅん、あんまり。元気になるとだんだん会えなくなるの……」

お父さんは何か遠くを見るような顔つきでじっと聞いています。

「……病気の子供たちで忙しいんだ……」

風が草原を渡って行きました。枯れかかった草がいっしょうけんめいふるえています。

二人はしばらく黙っていました。

「……山みたいな雲だね」

「ん？　あぁ、雨が降るかも知れんな」

「どうして天気　わかるの？　おじさんもあの時　空を見て晴れるかも知れないって言ったら、ほんとに晴れたんだ……お父さんもわかるの？」

また　遠くを見るような顔でお父さんは聞いています。あるいはほんとうに雲を見ていたのかも知れません。

「ねえ、わかるの？」

「ん？　あぁ、雨が降るかも知れないな……帰ろうか」

二人は立ち上がると服についた土をはらって　町の方へ歩き出しました。しばらくすると遠雷の音が聞こえてきました。

「急がないと……おんぶしてやろう」


あぶないところで二人は宿に着きます。もうどしゃ降りで　その上　すごい雷です。その子は窓から外を見ながら聞いてみました。

「お父さん、おじさんみたいに魔法使ったの？」

「いやいや、魔法なんてないよ。空がかってにそうなっただけさ」

おじさんみたいな口調です。その子は何かなつかしいような気持ちでお父さんを見ました。でもお父さんはそんなことには気付かずに言いました。

「さあ、お前も着がえなさい。少しぬれたろう」

2

一晩中雨は降ったりやんだりしていました。

その上、いつもと違う所なのでよく眠れません。

明け方にちょっと眠ったような気がするだけです。

「もう少し　寝ててもいいよ」

お父さんが言いました。でも明るい日射の中ではうとうとするだけでなかなか眠れません。

「仕事は午前中で終るからね。そしたら海へ行こう」

そう言うと、お父さんは出て行きました。

眠れないので外を見ると水たまりが光っています。二階の室なので空もよく見えます。

……空、見てると　なんだかあの中に落ちてしまいそうな気がする……空って深いのかな……町ん中っておもしろい、ケーキみたいな家ばっかりだ。あ、お父さんが歩いて行く……

外をながめていると見あきません。眠るのも忘れてしまって見つめていました。そうして午前中はすぎてゆきました。

3

「船、いないのかな?」

「今日は出てないみたいだね。あーあ、なんだかお父さんも、昨日はよく眠れなかったな」

そう言って砂浜に横になると 日射よけに帽子を顔の上に載せました。

砂浜には誰もいません。たまに鳥が風に乗ってやって来るだけです。

「ね、ちょっとあっちの方行ってみていい?」

「遠くへ行っちゃだめだぞ。お父さんの見えるところだけにしなさい。海にはぜったい入らんようにな」

帽子の下から声がします。その子は波のそばまで駆けて行きました。そして　しばらく行ったり来たりすると　またすぐもどって来ました。

「ねぇ、お父さん、どうして波って　来たらすぐ帰っちゃうの?」

でもお父さんは眠ってしまったみたいです。その子はしかたなくまた　波のところへ行きました。

小さなうねりが大きくなって長くつながってゆきます。そしていまにもおしよせて来そうになったとたんにくずれてしまいます。あとは小さな波たちが足もとによって来て「こっちおいでよ」と言ってるみたいにまた帰ってゆきます。するともう恐いような大きいうねりがやって来るのでした。波はみんないっせいには来ません。こっちのほうからむこうへと順々に来ては帰ってゆきます。

波を追いかけていると　だんだんお父さんから遠ざかってしまいました。でもまだ帽子が見えています。

……もう少し行っても大丈夫だ。でもどこまで行ったら追いつくんだろ。みんな帰っちゃう……

海岸はどこまでもどこまでも続

いています。向こうに人がひとり小さく見えるだけで　あとは誰もいません。

……あの人舟にのるのかな？　でも舟はないみたい。何してるんだろ。もうちょっと行ってみよう……

その人は何かひろっているみたいです。もっと近くへ行ってみます。何でしょう。ほそ長いガラスみたいなものです。ひろうたびに、その人はノートに書きつけて肩にかけた箱へ入れてゆきます。

「……何だい？　坊や」

「何してるのかと思って……」

「かけらを集めてるんだよ。あ、さわっちゃいかん。まだすっかり冷えてないからね」

「これ何なの？」

「海に落ちた雷のかけらさ。波に運ばれて浜にうち上げられたんだよ」

「ふうん、集めてどうするの？」

「いろんなことを調べるのさ」

「じゃ　おじさんは学者なの？」

「そうだよ」

「それなら、いろんなこと知ってるんだね？」

「何にも知らないよ」

「でも……学者なんでしょ?」

「だから調べているのさ」

学者はもうかけらをひろいつくしたようなので、今度は小さな筒で空をのぞき始めました。

「何、見てるの?」

「何にも見てないよ。測ってるだけさ」

「何を?」

「空がどのくらい高いかってことさ……昨日よりだいぶ高くなってる……」

「空って高さあるの?」

「ないさ。ないぐらい高いってことを調べてるんだよ」

学者はまたノートに書きつけると　時計を取り出しました。

そしてしばらくじっと見てから　またしまいました。

「今の時計、針なかったみたいだけど……」

「あぁ、ないよ」

「それでも時間わかるの？」

「いいや」

「それじゃどうして時計なんか見たの？」

「まだたくさん時間があるか確かめたんだよ」

「ふうん……あ、もう行っちゃうの？」

「うん、調べるのは終わったからね。じゃ　さよなら坊や」

学者は箱を重そうに肩にしょいながら歩いてゆきました。ぶらぶらと散歩しているみたいにゆっくりと。

ときどきさっきみたいに何かひろい上げながら、その姿はだんだん小さくなってゆきます。

ふとその子はお父さんのことを思い出しました。もう帰らないといけません。お父さんの見えないところへかなり来てしまっています。その子は急いでもとの場所へ走ってゆきました。

4

「よく眠ったみたいだね」

お父さんの声がします
……僕、いつのまに眠ったんだろ。さっき帰って来たような気がするけど……

「少し歩いてみようか」

「うん」

もう学者の姿は見えません。

「……お父さん、南の島って遠いの？」

「そうだな。遠いね。ずっと向こうだ。でもお前がもっと元気になったら　連れていってやろう」

「夢じゃなくて　ほんとに行けるんだね？」

「そうだよ。おや、舟が出てるぞ、ほら」

「ほんとだ。南の方から来たのかな」

「いや、たぶん近くの漁師の人さ。だって舟が小さいだろう」

「もっと大きな舟があるの？」

「そうか、大きな船は見たことなかったものなあ……それじゃ、港へ行こう」

「舟のあるところ？」

「大きな船がたくさん出たり入ったりする所だよ。さあ、行こう」

5

「これ　建物？」

「違うよ。ほら、離れて見てごらん。

ちゃんと船の形をしてるだろう」

「すごい……これに乗ったら南へ行ける？」

「もちろんさ。どこへだって行けるよ」

「あの船はどこへ行くの？」

「あれは南から帰って来た船らしいな。もうすぐまた南へ行くんだろう」

「ふうん……ちょっとあっちの方見て来ていい？」

「気をつけるんだよ、あんまり近よらないように」

「うん」

その船には　人がたくさん乗ったり降りたりしています。外国の人もいます。おや、見たことのある人……さっきの学者です。

「おじさあん！」

「やあ、さっきの坊やじゃないか。君もこの船に乗るのかい？」

「ううん、今はまだだめなの。だけどいつかきっ

と乗れるんだ」

「そうか、船が好きなのかい？」

「南の島へ行きたいの」

「ほう、南が好きなんだね」

「おじさんはこの船に乗って行くの？」

「そうさ。南の島で会議をやってるんだ」

「会議？……じゃおじさん　もしかして夢の世界の人じゃない？」

「おや、どうしてわかった？　驚いたな」

「でも、今、昼なのに……」

「夢の世界ってややこしいんだよ。会議だから特別なのさ」

「ふうん、会議で何さわいでるの？」

「魚とお話ししようって　さわいでるのさ」

「魚とお話しできるの？」

「なかなかむずかしい言葉でね。だからますますさわぐのさ」

「お話しできたらおもしろいね」

「そうだね。人間たちがまだ生まれていなかった頃の話を聞いたり、魚の国と同盟したり……」

「魚にも国があるの？」

「そういうことについても会議でさわぐのさ」

「ふうん、それに人間が生まれていないってどういうこと？」

「人間たちよりもっと昔から生きて来た動物たちがたくさんいるんだよ。鳥だってそうさ。そういう動物たちと話ができるとずうっと昔のことがわかるのさ」

「へえ、おもしろいなあ。学者ってそういうことやる人なの」

「そうだよ。他にもいろんなことをやるんだ。私はさっきみたいに天気のことを調べているのさ」

「そういえば　雷のかけら、もう冷えた？」

「あぁ、見せてやろう。ほら、もうさわっても大丈夫だよ」

「うわぁ、虹みたいだ」

「ほんとに虹なんだよ。冷えたらそうなっちゃうんだ。ただし　かけらだけどね」

「あの……これ一つもらっていい？　一度しか虹を見たことない子がいるの。これ持っていったら喜ぶと思うんだ」

「そうか、いいとも。ほら、これに包んで持ってゆきなさい」

「ありがとう」

「おや出発の合図だ。今度乗り遅れたら会議が終わってしまう。それじゃ坊や、君が南へ来たら　また会おうね。さよなら」

「さようなら……」

6

「もう船が出るよ。誰か知ってる人でもいたのかい？」

「うん、さっき海岸で会った人なの」

「海岸に人はいなかったはずだが……」

「僕がいつか南へ行ったらまた会おうって」

「そうか、じゃ早く元気になろう……あ、日が暮れてきたな。そろそろ帰ろうか」

「……お父さん」

「何だい？」

「僕　学者になりたいな」

「ほう、どんな学者になりたい？」

「あのね、鳥や魚と話せるようになって、人間が生まれる前のことを　いろいろ聞いてみるの」

お父さんは　なにかまじめな顔をしてうなずきました。

船が海へ出て行きます。

二人は南へ行くその船を　水平線へ行くまで見送りました。

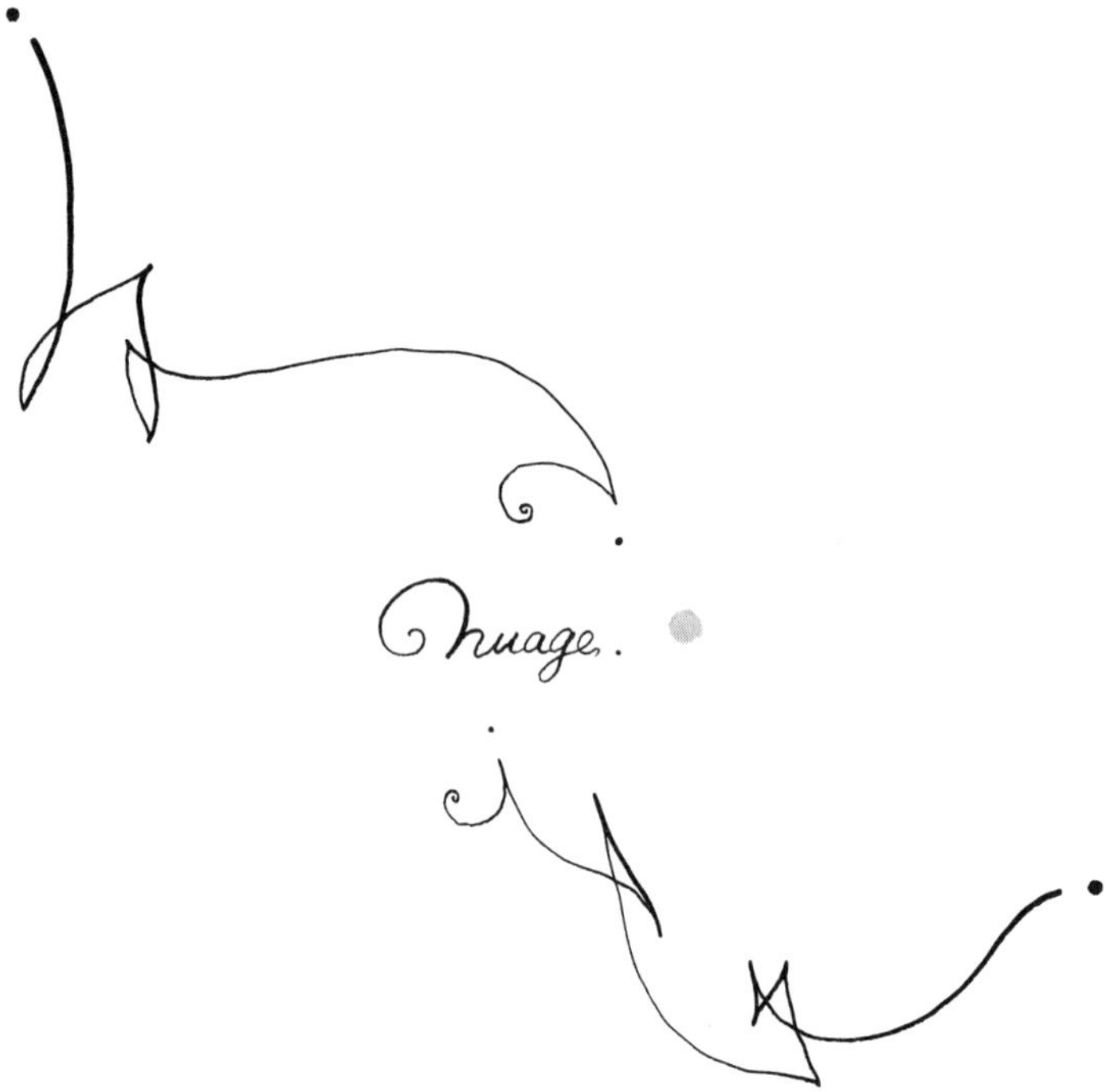
Nuage.

ニュアージュ

世界中の港も草原も
みんな　ながめつくしたけれど
決して記憶もしないし
覚えようともしない
そんなにひどく無関心なのが
あの　雲《ニュアージュ》　です

水平線の真上を散歩している
あの雲《ニュアージュ》の奏でる音楽を聞ける人は
生まれてはじめて
雲を見る人だけです
でも
一度見てしまえば
もう二度と
聞くことはできません

雨上がりの水たまりの中に
あの雲《ニュアージュ》がねむっている
僕が近づくと
けだるそうに
しばらく
うす目をあけているけれど
またやがて
夢の中へ沈んでしまう

いわた　みちお

1956年網走市に生まれる。

北海道大学理学部入学、卒業目前に中退。以後、創作に専念し絵画や詩、童話を制作する。童話は佐藤さとる氏に師事。同人誌『鬼が島通信』に投稿するかたわら、童話と散文集『雲の教室』と詩集『ミクロコスモス・ノアの動物たち』を出版。

拠点を旭川に移し、旭川の自然を中心に描く。1992年童話集『雲の教室』（国土社）で日本児童文芸家協会新人賞を受賞。

1996年旭川の嵐山をテーマにした詩画集『チノミシリ』出版。

2014年7月心臓発作のため、数多くの作品を残したまま急逝。

新刊に『イーム・ノームと森の仲間たち』、ふくふく絵本シリーズ３冊、『ファおじさん物語』春と夏、『同』秋と冬、『らあらあらあ』『音楽の町のレとミとラ』『長靴を穿いたテーブル』（未知谷）がある。

波のない海

2021年10月20日初版印刷
2021年11月 5 日初版発行

著者　岩田道夫
発行者　飯島徹
発行所　未知谷
東京都千代田区神田猿楽町 2 丁目 5-9　〒 101-0064
Tel. 03-5281-3751 / Fax. 03-5281-3752
［振替］ 00130-4-653627

組版　柏木薫
印刷所　ディグ
製本所　牧製本

Publisher Michitani Co. Ltd., Tokyo
Printed in Japan
ISBN 978-4-89642-651-9　C0095